CARMEN

EX-LIBRIS.

插图珍藏版

CARMEN

[法] 梅里美 著
Prosper Mérimée

[德] 阿拉斯特尔 绘
Alastair

傅雷 吴蓁蓁 译

江苏凤凰文艺出版社
JIANGSU PHOENIX LITERATURE AND
ART PUBLISHING

图书在版编目（CIP）数据

卡门 : 插图珍藏版 /（法）梅里美著 ;（德）阿拉
斯特尔绘 ; 傅雷，吴蓁蓁译 . —— 南京 : 江苏凤凰文艺
出版社 , 2022.5
ISBN 978-7-5594-6245-9

Ⅰ . ①卡… Ⅱ . ①梅… ②阿… ③傅… ④吴… Ⅲ .
①中篇小说 – 法国 – 近代 Ⅳ . ① I565.44

中国版本图书馆 CIP 数据核字 (2021) 第 172328 号

卡门（插图珍藏版）

[法]梅里美 著　　[德]阿拉斯特尔 绘　　傅雷、吴蓁蓁 译

策　　划	尚 飞
责任编辑	王 青
特约编辑	王亚伟
装帧设计	墨白空间·李国圣
出版发行	江苏凤凰文艺出版社
	南京市中央路 165 号，邮编：210009
网　　址	http://www.jswenyi.com
印　　刷	鸿博昊天科技有限公司
开　　本	880 毫米 × 1230 毫米　1/32
印　　张	6.5
字　　数	97 千字
版　　次	2022 年 5 月第 1 版
印　　次	2022 年 5 月第 1 次印刷
书　　号	ISBN 978-7-5594-6245-9
定　　价	98.00 元

目 录

卡 门

傅雷 译

[德] 阿拉斯特尔 绘

一

一般地理学家说孟达一仗的战场是在古代巴斯多里 - 包尼人 ① 的区域之内，靠近现在的芒达镇，在玛尔倍拉商埠北七八里的地方：我一向疑心这是他们信口开河，根据佚名氏所作的《西班牙之战》，和奥须那公爵庋藏丰富的图书馆中的材料，我推敲之下，认为那赫赫有名的战场，恺撒与罗马共和国的领袖们背城借一的地点，应当到蒙底拉 ② 附近去寻访。一八三〇年初秋，因为道经安达鲁齐 ③，我就做了一次

① 巴斯多里 - 包尼人为古代迦太基族之一种。公元前八世纪时迦太基族散布于地中海沿岸，包括西班牙滨海地区在内。——本书注释如无特殊说明，均为译者注
② 罗马共和时代末期（公元前四十九年），恺撒自高卢戍地进军罗马，将执政庞培大将及议员逐出意大利半岛，又回军入西班牙，击溃庞培派驻该地的军队，史家称为西班牙之战。孟达为该战中之主要战役。——玛尔倍拉为西班牙南端位于地中海上之商埠，蒙底拉在玛尔倍拉北七十余英里。
③ 安达鲁齐（编者按：今译安达卢西亚）为西班牙南部一大行省，包括八州。上文所举城镇均在辖境内。

旅行，范围相当广大，以便解答某些悬而未决的疑问。我不久要发表的一篇报告，希望能使所有信实的考古学家不再彷徨。但在我那篇论文尚未将全欧洲的学术界莫衷一是的地理问题彻底解决以前，我想先讲一个小故事；那故事，对于孟达战场这个重大的问题，决不先下任何断语。

当时我在高杜城内雇了一名向导，两匹马，带着全部行装，只有一部恺撒的《出征记》和几件衬衣，便出发去探访了。有一天，我在加希那平原的高地上踯躅，又困乏，又口渴，赤日当空，灼人肌肤，我正恨不得把恺撒和庞培的儿子们一齐咒入地狱的时候，忽然瞥见离开我所走的小路相当远的地方，有一小块青翠的草坪，疏疏落落的长着些灯芯草和芦苇。这是近旁必有水源的预兆。果然，等到走近去，我就发现所谓草坪原是有一道泉水灌注的沼泽，泉水仿佛出自一个很窄的山峡，形成那个峡的两堵危崖是靠在加勒拉山脉上的。我断定缘溪而上，山水必更清冽，既可略减水蛭与虾蟆之患，或许还有些少荫蔽之处。刚进峡口，我的马就嘶叫了一声，另外一匹我看不见的马立即接应了。走了不过百余步，山峡豁然开朗，给我看到一个天然的圆形广场，四周巉岩拱立，恰好把整个场地罩在阴影中。出门人中途歇脚，休想遇到一个比此更舒服的地方了。峭壁之下，泉水奔腾飞涌，直泻入一小潭中，潭底细沙洁白如雪。旁边更有橡树五六株，因为终年避风，兼有甘泉滋润，故苍翠雄伟，浓荫匝地，掩覆于小潭之上。潭的四周铺着一片绿油油的细草，在方圆几十里的小客店内决没有这样美好的床席。

可是我不能自鸣得意，说这样一个清幽的地方是我发现的。一个男人已经先在那儿歇着，在我进入山谷的时候一定还是睡着的。被马嘶声惊醒之下，他站起来走向他的马；它却趁着主人打盹跑在四边草地上大嚼。那人是个年轻汉子，中等身材，外表长得很结实，目光阴沉、骄傲。原来可能很好看的皮色，被太阳晒得比头发还黑。他一手拉着坐骑的缰绳，一手拿着一支铜的短铳。说老实话，我看了那副凶相和短铳，先倒有点出乎意料，但是我已经不信有什么匪了，因为老是听人讲起而从来没遇到过。并且，全副武装去赶集的老实的庄稼人，我也见得多了，不能看到一件武器就疑心那生客不是安分良民。心里还想：我这几件衬衣和几本埃尔才维版子①的《出征记》，他拿去有什么用呢？我便对拿枪的家伙亲热的点点头，笑着问他是否被我打扰了清梦，他不回答，只把我从头到脚的打量着。打量完毕，似乎满意了，又把我那个正在走近的向导同样细瞧了一番。不料向导突然脸色发青，站住了，显而易见吃了一惊。"糟了糟了，碰到坏人了！"我私下想，但为谨慎起见，立即决定不动声色。我下了马，吩咐向导卸下马辔，然后我跪在水边把头和手浸了一会，喝了一大口水，合扑着身子躺下了，像基甸手下的没出息的兵一样②。

　　同时我仍暗中留神我的向导和生客。向导明明是很不乐意的走过来的……生客似乎对我们并无恶意，因为他把马放走了，短铳原来是平着拿的，此刻也枪口朝下了。

　　我觉得不应当为了对方冷淡而生气，便躺在草地上，神气挺随便的问那带枪的人可有火石，同时掏出我的雪茄烟匣。陌生人始终不出一声，在衣袋里掏了一阵，拿出火石，

---

① 埃尔才维为十六、十七世纪时荷兰有名的出版家，所印图书今均成为珍本。
② 《旧约·士师记》第七章载，以色列人基甸反抗米甸人，耶和华令基甸挑选士卒，以河边饮水为试：凡用手捧水如狗舔饮者入选，凡跪下喝水者均受淘汰。

抢着替我打火。他显然变得和气了些，竟在我对面坐下了，但短铳还是不离手。我点着了雪茄，又挑了一支最好的，问他抽不抽烟。

他回答说："抽的，先生。"

这是他的第一句话，我发觉他念的 S 音不像安达鲁齐口音①，可见他和我同样是个旅客，只不是干考古的罢了。

"这支还不错，你不妨试试。"我一边说一边递给他一支真正哈凡那的王家牌。

他略微点点头，拿我的雪茄把他的一支点上了，又点点头表示道谢，然后非常高兴的抽起来。

"啊，我好久没抽烟了！"他这么说着，把第一口烟从嘴里鼻子里慢慢的喷出来。

在西班牙，一支雪茄的授受就能结交朋友，正如近东一带拿盐和面包敬客一样。出我意料之外，那人倒是爱说话的。虽然自称为蒙底拉附近的人，他对地方并不太熟悉。他不知道我们当时歇脚的那可爱的山谷叫甚名字，周围的村子

---

① 安达鲁齐人读 S 音，一如西班牙人之读柔音 C 与 Z，等于英文中之 th。故仅听 senor（先生）一字，即能辨出安达鲁齐口音。——原注

的名字，他也一个都说不上来。我问他有没有在近边见到什么残垣断壁、卷边的大瓦、雕刻的石头等等，他回答说从来没留意过这一类东西。另一方面，他对于马的一道非常内行，把我的一匹批评了一阵，那当然不难。接着又背出他那一匹的血统，有名的高杜养马场出身，据说是贵种，极其耐劳，有一回一天之中赶了一百二十多里，而且不是飞奔便是疾走的。那生客正说在兴头上，忽然停住了，仿佛说了这么多话连他自己也觉得奇怪而且懊恼了。"那是因为我急于赶到高杜，为了一件官司要去央求法官……"他局促不安的这样补充，又瞧着我的向导安东尼奥，安东尼奥马上把眼睛望着地。

　　既有树荫，又有山泉，我不由得心中大喜，想起蒙底拉的朋友们送我的几片上等火腿放在向导的褡裢内 ①。我就教向导给拿来，邀客人也来享受一下这顿临时点心。他固然好久没有抽烟，但我看他至少也有四十八小时没吃过东西：狂吞大嚼，像只饿极的狼。可怜虫那天遇到我，恐怕真是天赐良缘了。但我的向导吃得不多，喝得更少，一句话都没有，

① 一种长形的布袋，中间开口，两头装物，可以背在肩上或挂在牲口上，吾国称为褡裢。

虽然我一上路就发觉他是个头等话匣子。有了这生客在场，他似乎很窘；还有一种提防的心理使他们互相回避，原因我可猜不透。

最后一些面包屑和火腿屑都给打发完了，各人又抽了一支雪茄，我吩咐向导套马，预备向新朋友告别了，他却问我在哪儿过夜。

我还没注意到向导对我做的暗号，就回答说上居尔伏小客店。

"像你先生这样的人，那地方简直住不得……我也上那边去，要是许我奉陪，咱们可以同走。"

"欢迎欢迎。"我一边上马一边回答。

向导替我拿着脚镫，又对我眨眨眼睛。我耸了耸肩膀表示满不在乎，然后出发了。

安东尼奥那些神秘的暗号、不安的表情，陌生人的某些话，特别是一天赶一百二十里的事和不近情理的说明，已经使我对旅伴的身份猜着几分。没有问题，我是碰上了一个走私的，或竟是个土匪，可是有什么关系呢？西班牙人的性格，我已经摸熟了，对一个和你一块儿抽过烟、吃过东西的人，尽可放心。有他同路，倒反是个保障，不会再遇到坏人。并且我很乐意知道所谓土匪究竟是何等人物。那不是每天能碰上的，和一个危险分子在一起也不无奇趣，尤其遇到他和善而很斯文的时候。

我暗中希望能逐渐套出陌生人的真话，所以不管向导如何挤眉弄眼，竟自把话扯到剪径的土匪身上，当然用的是颇有敬意的口吻，那时安达鲁齐有个出名的大盗叫做育才－玛丽亚，犯的案子都是脍炙人口的。"谁知道在我身边的不就是育才－玛丽亚呢？"这样思忖着，我便把听到的关于这位好汉的故事，拣那些说他好话的讲了几桩，同时又对他的勇武豪侠称赞了一番。

"育才－玛丽亚不过是个无赖小人。"那生客冷冷的说。

"这算是他对自己的评语呢，还是过分的谦虚？"我这样问着自己，因为越看这同伴越觉得他像育才－玛丽亚了。我记得安达鲁齐许多地方的城门口都贴着告示，把他的相貌写得明明白白。——对啦，一定是他……淡黄头发，蓝眼睛，大嘴巴，牙齿整齐，手很小；穿着上等料子的衬衣，外罩银钮丝绒上装，脚登白皮靴套，骑一匹浑身棕色而鬃毛带黑的马……一点不错！但他既然要隐姓埋名，我也不便点破。

我们到了小客店。旅伴的话果然不虚，我所歇过的小客店，这一个算是最肮脏最要不得的了。一间大屋子兼做厨房、餐厅与卧室。中间放着一块平的石板，就在上面生火煮饭；烟从房顶上一个窟窿里出去，其实只停留在离地几尺的空中，像一堆云。靠壁地下铺着五六张骡皮，便是客铺了。算是整个屋子只有这间房，屋外一二十步有个棚子似的东西，马房。这个高雅的宾馆当时只住着两个人：一个老婆子和一个十一二岁的小姑娘，都是煤烟般的皮色，衣服破烂不堪。——我心上想：古孟达居民的后裔原来如此；噢，恺撒！噢，撒克多斯·庞培①！要是你们再回到世界上来，一定要诧异不置呢！

老婆子一看见我的旅伴，就大惊小怪的叫了一声。

"啊！唐·育才大爷！"她嚷着。

唐·育才眉头一皱，很威严的举了举手，立刻把老婆子拦住了。我转身对向导偷偷递了个暗号，告诉他关于这同宿的伙伴，不必再和我多讲什么。晚饭倒比我意料中的丰盛。

---

① 撒克多斯·庞培为庞培大将次子。庞培大将死后，诸子仍与恺撒为敌。

饭桌是一张一尺高的小桌子，第一道菜是老公鸡煨饭，辣椒放得很多，接着是油拌辣椒，最后是迦斯巴曲，一种辣椒做的生菜。三道这样刺激的菜，使我们不得不常常打酒囊的主意，那是山羊皮做的一种口袋，里头装的蒙底拉葡萄酒确是美好无比。吃完饭，看到壁上挂着一只曼陀铃，——西班牙到处都有曼陀铃，——我就问侍候我们的小孩子会不会弹。

她回答说："我不会，可是唐·育才弹得真好呢！"

我便央求他："能不能来个曲子听听？我对贵国的音乐简直是入迷的。"

"你先生人这么好，给了我这样名贵的雪茄，还有什么事我好意思拒绝呢？"唐·育才言语之间表示很高兴。

他教人摘下曼陀铃，便自弹自唱起来。声音粗野，可是好听，调子凄凉而古怪。至于歌辞，我连一个字都不懂。

"不知道我猜得对不对，"我跟他说，"你唱的不是西班牙调子，倒像我在外省①听见过的左旋歌②，歌辞大概是巴斯

---

① 所谓外省，系指在法律上享有特权的几个省份，即阿拉伐、皮斯加伊、奇波谷阿，以及拿伐的一部分。当地的语言为巴斯克语。——原注（译者按：在庇莱南山脉两侧的法国与西班牙居民，为一种特殊民族，称巴斯克人，所用语言即巴斯克语。）
② 左旋歌是巴斯克各省通行的一种带歌唱的舞蹈，拍子为八分之五。

克语。"

"对啦。"唐·育才脸色很阴沉。

他把曼陀铃放在地下，抱着手臂，呆呆的望着快熄灭的火，有种异样的忧郁的表情。小桌上的灯光映着他的脸，又庄严，又凶猛，令人想起弥尔顿诗中的撒旦。或许和撒旦一样，我这旅伴也在想着离别的家，想着他一失足成千古恨的逃亡生活①。我逗他继续谈话，他却置之不答，完全沉溺在忧郁的幻想中去了。老婆子已经在屋子的一角睡下，原来两边壁上系着根绳子，挂着一条七穿八洞的毯子作掩蔽，专为妇女们过宿的。小姑娘也跟着钻进那幔子。我的向导站起身子，要我陪他上马房，唐·育才听了突然惊醒过来，厉声问他上哪儿去。

"上马房去。"向导回答。

"干什么？马已经喂饱了，睡在这儿罢，先生不会见怪的。"

_____

① 弥尔顿的史诗《失乐园》中描写撒旦的阴沉壮烈的面貌，故作者借此譬喻唐·育才。撒旦原为天使之一，以反抗上帝而入魔道，卒为群魔首领。但其脱离天堂等于逃亡，故作者以一失足千古恨为譬。

"我怕先生的马病了，希望他自个儿去瞧瞧，也许他知道该怎么办。"

显而易见，安东尼奥要和我私下讲几句话，但我不愿意让唐·育才多心，当时的局面，最好对他表示深信不疑。因此我回答安东尼奥，我对于马的事一窍不通，想睡觉了。唐·育才跟着安东尼奥上马房，一忽儿就单独回来，告诉我马明明很好，但向导把它看得名贵得不得了，用自己的上衣替它摩擦，要它出汗，预备终宵不寐，自得其乐的搅这个玩艺儿。——我已经横倒在骡皮毯上，拿大衣把身体仔细裹好，生怕碰到毯子。唐·育才向我告了罪，要我原谅他放肆，睡在我旁边，然后他躺在大门口，可没有忘了把短铳换上门药①，放在当枕头用的褡裢底下。彼此道了晚安以后五分钟，我们俩都呼呼入睡了。

大概我已经相当的累，才能在这种客店里睡着，可是过了一小时奇痒难熬的感觉打扰了我的好梦。等到弄明白了是怎么回事，我就起来，私忖与其宿在这个欺侮客人的屋子

---

① 门药为旧式枪械上用的发火药。

里，还不如露天过夜，便提着脚尖走到门口，跨过唐·育才的铺位。他睡梦正酣，我的动作又极其小心，居然走出屋子没把他惊醒。门外有一条阔凳，我横在上面，尽量的安排妥帖，准备把后半夜对付过去。正当要第二次阖上眼睛的时候，仿佛有一个人和一匹马的影子，声息全无的在我面前过。我坐起一瞧，认出是安东尼奥。他这个时间跑出马房，不由得令人纳闷，我便站起来向他走过去，他先瞧见了我，站住了。

"他在哪儿呀？"安东尼奥轻轻的问。

"在屋子里睡着呢，他倒不怕臭虫。你干吗把这马牵出来呢？"

那时我才发觉，为了要无声无息的走出棚子，安东尼奥撕了一条破毯子，把马蹄仔细裹上了。

"天哪！轻声点儿。"安东尼奥和我说，"你还不知道这家伙是谁吗？他便是育才·拿伐罗①，安达鲁齐顶出名的土匪！今天一天我对你递了多少眼色，你都不愿意理会。"

我回答："土匪不土匪，跟我有什么相干！他又没抢劫

---

① 唐·育才为拿伐人，故称之为育才·拿伐罗，——拉丁系统的语言，形容词常放在后面——犹如我们称关东××，江南××。

我们，我敢打赌，他也绝无此意。"

"好吧；可是通风报信，把他拿住的人，有二百杜加^①的赏洋可得。离此五里，有个枪骑兵的驻扎所，天没亮以前，我还来得及带几个精壮结实的汉子来。我想把他的马骑着去，无奈它凶悍得厉害，除了拿伐罗，谁也不得近身。"

"该死的家伙！他什么事得罪了你，你要告发他？并且你敢断定他真是你所说的那个土匪吗？"

"当然啰。刚才他跟我上马房，对我说：你好像认得我的，倘若你胆敢向那位好心的先生说出来，仔细你的脑袋。——先生，你留在这儿，待在他身边，不用害怕。只要知道你在这儿，他就不会疑心。"

说话之间，我们已经走了一程，和屋子离得相当远，人家不会再听到马蹄铁的声音。安东尼奥一霎眼就把裹着马脚的破布扯掉，准备上马了。我软骗硬吓，想留住他。

他回答说："先生，我是一个穷光蛋，不能轻易放过二百杜加，同时又为地方除一大害。可是你得小心点儿，倘若

---

① 杜加为西班牙的一种金币，等于十二法郎。

拿伐罗醒过来，一定会抓起他的短铳，那可不是玩的！我事情已经做到这地步，不能后退了，你自个儿想办法对付罢。"

那坏东西跨上马，踢了两下，一忽儿便在黑影里不见了。

我对我的向导大不高兴，心中也有点儿不安。想了一会儿，我打定了主意，回进屋子。唐·育才还睡着，大概他餐风宿露，辛苦了几日，此时正在补偿他的疲乏和瞌睡。我只得用力把他推醒。我永远忘不了他那凶狠的目光和扑上短铳的动作，幸而我防他一着，先拿他的武器放在离床较远的地方。

我说："先生，很抱歉把你叫醒，可是我有句傻话要问你：倘若这儿来了五六个枪骑兵，你心里是不是乐意？"

他纵起身子站在地下，厉声喝问："这话是谁告诉你的？"

"只要消息准确，别管它哪儿来的。"

"一定是你的向导把我出卖了。嗬，我不会饶了他的。他在哪儿？"

"不知道……大概在马房里吧……可是另外有人告诉我……"

"谁？……总不会是老婆子吧？……"

"是一个我不认得的人……闲话少说，只问你愿不愿意看到大兵来。如果不愿意，那么别耽误时间。不然的话，我向你告罪，打搅了你的好梦。"

"啊，你那向导！你那向导！我早就防着了……可是……我不会便宜他的！……再见了，先生。你帮我的忙，但愿上帝报答你。我不完全像你所想的那么坏……是的，还有些地方值得侠义君子的哀怜呢……再会了，先生……我只抱憾一件事，就是不能报你的大恩。"

"唐·育才，希望你别猜疑人，别想到报复，就等于报答我了。这儿还有几支雪茄给你路上抽的；祝你一路平安！"

说罢，我向他伸出手去。

他一声不出握了握我的手，拿起他的短铳和褡裢，和老婆子说了几句我不懂的土话，就赶向棚子。不多一忽儿，我已经听见他的马在田野里飞奔了。

我吗，我又躺在凳上，可是再也睡不着。我心上盘算：把一个土匪，也许还是个杀人犯，从吊台上救下来，单单因为我跟他一起吃过火腿吃过煨饭，是不是应当的。向导倒是站在法律方面，我不是把他出卖了吗？不是使他有受到恶

徒报复的危险吗？但另一方面，朋友之间的义气又怎么办
呢？……我承认那是野蛮人的偏见；这个土匪以后犯的罪，
我都有责任……可是凭你多大理由都打消不了的这种良知良
能，果真是偏见吗？在我当时所处的尴尬局面中，也许怎么
办良心都不会平安的。我对于自己的行为是否合乎道德的问
题，还在左思右想，委决不下的时候，忽然出现了五六名骑
兵和安东尼奥，他可是小心翼翼的躲在大兵后面。我迎上前
去，告诉他们土匪已经逃走了不止两小时。老婆子被班长讯
问之下，回答说她是认识拿伐罗的，但单身住在乡下，不敢
冒了性命的危险把他告发。她又说，他每次到这儿来，照例
半夜就动身。至于我这方面，得走上好几里地，拿护照交给
区里的法官查验，具了一个结，然后他们允许我继续去做考
古的采访。安东尼奥对我心怀怨恨，疑心是我拦掉了他二百
杜加的财源。但回到高杜，我们还是客客气气的分手了，我
尽我的财力重重的给了他一笔犒赏。

二

　　我在高杜耽留了几天。有人指点我，多明我会修院[①]的图书馆藏有一部手稿，可能供给我关于古孟达城的宝贵的材料。仁厚的教士们把我招待得非常殷勤，白天我便待在修道院中，傍晚到城里去闲逛。太阳下山的时候，高杜很多闲人挤在高达奎弗河[②]的右岸。那儿有一股浓烈的皮革味，因为当地制革的历史很悠久，至今享有盛名；同时你还可欣赏一个别有风味的景致。晚钟没响起以前几分钟，就有一大批妇女麇集在河边，站在很高的堤岸之下。那队伍可没有一个男人敢混进去的。只要晚祷的钟声一响，大家便认为天黑了。

① 多明我会为基督教中的一支派，与芳济会、本多会、耶稣会等并为重要的宗派，该会于十三世纪时由圣·多明我创立，因此为名。

② 高达奎弗河为西班牙南部大河，自东北至西南，中游经高杜城（编者按：今译科尔多瓦），下游经塞维尔而入地中海。

钟敲到最后一下，所有的女人都脱了衣服下水。于是一片叫喊声、嬉笑声，闹得震天价响。堤岸高头，男人们欣赏着这些浴女，把眼睛睁得挺大，可惜看不见什么。但那些模糊的白影映在深蓝的河水上，使一般有诗意的人见了不免悠然神往；你只要略微用点想象力，就可把她们当作狄阿纳与水神们的入浴，还不用怕自己受到阿克丹翁的厄运①。——有人告诉我，有一天几个轻薄无赖凑了钱，向大寺司钟的人行贿，教他把晚钟的时间比规定的提早二十分。虽然天色还很亮，高达奎弗河的浴女却毫不迟疑，对晚祷的钟声比对太阳更信任，泰然自若的换了浴装，而那装束一向是最简单的。那一回我没有在场。我在高杜的时代，司钟的绝不贪污；暮色朦胧，只有猫眼才分得出最老的卖橘子女人和高杜城中最漂亮的女工。

　　一天傍晚，日光已没，什么都看不见了，我正靠着堤岸的栏杆抽着烟，忽然河边的水桥上走上一个女的，过来坐在我旁边：头上插着一大球素馨花，夜晚特别发出一股醉人的

---

① 神话载：森林女神狄阿纳方在水中沐浴，被猎人阿克丹翁撞见，狄一恼之下，将猎人变而为鹿，使其被自己的猎犬啮死。

香味。她穿扮很朴素，也许还相当寒酸，像大半的女工一样浑身都是黑衣服。因为大家闺秀只有早晨穿黑，晚上一律是法国打扮的。我那个浴女一边走近来，一边让面纱卸落在肩头上①。我在朦胧的星光底下看出她矮小，年轻，身腰很好，眼睛很大。我立刻把雪茄扔掉。这个纯粹法国式的礼貌，她领会到了，赶紧声明她很喜欢闻烟味，遇到好纸现卷的烟叶，她还抽呢。碰巧我烟匣里有这种烟，马上拿几支敬她。她居然受了一支，花一个小钱问路旁的孩子要个引火绳点上了。我跟美丽的浴女一块儿抽着烟，不觉谈了很久，堤岸上差不多只剩下我们两个人了。我觉得那时约她上饮冰室②饮冰也不能算冒昧。她略微谦让一下也就应允了，但先要知道什么时间。我按了按打簧表，她听着那声音似乎大为惊奇。

"你们外国人搅的玩艺儿真新鲜！先生，您是哪一国人呢？一定是英国人罢③？"

---

① 西班牙女子所用的面纱，尺幅特别宽大，头脸肩膀都可裹入。

② 这是一种附有冰栈的咖啡馆，实际是藏的雪水。西班牙村子很少没有这种冰栈的。——原注

③ 在西班牙凡不带着卡里谷布或绸缎样品兜销的外国人，都被目为英国人，近东一带亦然。——原注。

"在下是法国人。您呢，小姐或是太太，大概是高杜本地人罢？"

"不是的。"

"至少您是安达鲁齐省里的。听您软声软气的口音就可以知道。"

"先生既然对各地的口音这么熟，一定能猜到我是哪儿人了。"

"我想您是耶稣国土的人，和天堂只差几步路。"

（这种说法是我的朋友，有名的斗牛士法朗西斯谷·塞维拉教给我的，意思是指安达鲁齐。）

"嗬！天堂！……这里的人说天堂不是为我们的。"

"那末难道您是摩尔人吗？……再不然……"我停住了，不敢说她是犹太人。

"得了罢，得了罢！您明明知道我是波希米人；要不要算个命？您可听人讲起过卡门西太吗？那便是我呀。"

十五年前我真是一个邪教徒，哪怕身边站着个妖婆，我也决不会骇而却走。当下心里想："好罢，上星期才跟蓊径的土匪一块儿吃过饭，今天不妨带一个魔鬼的门徒去饮冰。

出门人什么都得瞧一下。"此外我还另有一个动机想和她结交。说来惭愧，我离开学校以后曾经浪费不少时间研究巫术，连呼召鬼神的玩艺也试过几回。虽然这种癖早已戒掉，但我对一切迷信的事照旧感兴趣；见识一下巫术在波希米人中发展到什么程度，对我简直是件天大的乐事。

说话之间，我们已经走进饮冰室，拣一张小桌子坐下，桌上摆着个玻璃球，里头点着一支蜡烛。那时我尽有时间打量我的奚太那①了；室内几位先生一边饮冰，一边看见我有这样的美人作伴，不禁露出错愕的神气。

我很疑心卡门小姐不是纯血统，至少她比我所看到的波希米女人不知要美丽多少倍。据西班牙人的说法，一个美女必须具备三十个条件，换句话说，她要能用到十个形容词，每个形容词要适用于身上三个部分。比如说，她要有三样黑的：眼睛、眼皮、眉毛；三样细致的：手指，嘴唇，头发。欲知详细，不妨参阅勃朗多末的大作②。我那个波希米姑娘

① 波希米人在西班牙被称为奚太诺（女性为奚太那），详见本篇正文第四章。
② 勃朗多末（1535—1614）为法国贵族，生平游踪甚广，著有笔记多种。此处系指其所作的《名媛录》。该书第二卷《论专宠的秘诀》，详述西班牙美女之标准，所谓十个形容词，及每个形容词能适用于身上的部分，均历举无遗。

当然够不上这样完满的标准。她皮肤很匀净，但皮色和铜差不多；眼睛斜视，可是长得挺好挺大；嘴唇厚了一些，但曲线极美，一口牙比出壳的杏仁还要白。头发也许太粗，可是又长，又黑，又亮，像乌鸦的翅膀一般闪着蓝光。免得描写过于琐碎，惹读者讨厌，我可以总括一句：她身上每一个缺点都附带着一个优点，对照之下，优点变得格外显著。那是一种别具一格的、犷悍的美，她的脸使你一见之下不免惊异，可是永远忘不了。尤其是她的眼睛，带着又妖冶又凶悍的表情；从那时起我没见过一个人有这种眼神的。波希米人的眼是狼眼，西班牙人的这句俗语表示他们观察很准确。倘若诸位没空上植物园去研究狼眼①，不妨等府上的猫捕捉麻雀的时候观察一下猫眼。

当然，在咖啡馆里算命难免教人笑话。我便要求美丽的女巫允许我上她家里去；她毫无难色，马上答应了，但还想知道一下钟点，要我把打簧表再打一次给她听。

她把表细瞧了一会儿，问："这是真金的吗？"

---

① 巴黎的植物园为兼带动物园性质之大公园。

我们重新出发的时候，已经完全到了夜里，大半铺子都已关门，差不多没有行人了。我们穿过高达奎弗大桥，到城关尽头的一所屋子前面停下。屋子外表绝对不像什么宫邸。一个孩子出来开门，波希米姑娘和他讲了几句话，我一字不懂，后来才知道那叫做罗马尼或是岂泼·加里，就是波希米人的土话。孩子听了马上走开了，我们进入一间相当宽敞的屋子，中间放着一张小桌、两只圆凳、一口柜子，还有一瓶水、一堆橘子和一串洋葱。

孩子走后，波希米姑娘立即从柜子里拿出一副用得很旧的纸牌、一块磁石、一条干瘪的四脚蛇和别的几件法器。她吩咐我左手握着一个钱画个十字，然后她作法了。她的种种预言在此不必细述，至于那副功架，显而易见她不是个半吊子的女巫。

可惜我们不久就受到打搅。突然之间，房门打开了，一个男人裹着件褐色大衣，只露出一双眼睛，走进屋子很不客气的对着波希米姑娘吆喝。我没听清他说些什么，但他的音调表示很生气。奚太那看他来了，既不惊奇，也不恼怒，只迎上前去，咭咭呱呱的和他说了一大堆，用的仍是刚才对孩

子说的那种神秘的土语。我所懂的只有她屡次提到的外江佬
这个字。我知道波希米人对一切异族的人都这样称呼的。想
来总是谈着我罢。看情形，来客不免要和我找麻烦了，所以
我已经抓着一只圆凳的脚，正在估量一个适当的时间把它向
不速之客摔过去。他把波希米姑娘粗暴的推开了，向我走来，
接着又退了一步，嚷道："啊！先生，原来是你！"

于是我也瞧着他，认出了我的朋友唐·育才。当下我真
有些后悔前次没让他给抓去吊死的。

"啊！老兄，原来是你！"我勉强笑着，可竭力不让他
觉得我是强笑。"小姐正在告诉我许多未来之事，都挺有意
思，可惜被你打断了。"

"老是这个脾气！早晚得治治她，看她改不改！"他咬
咬牙齿，眼露凶光，直瞪着她。

波希米姑娘继续用土语跟他说着，渐渐的生气了。她眼
睛充血，变得非常可怕，脸上起了横肉，拼命的跺脚：那光
景好像是逼他做一件事，而他三心二意，委决不下，究竟是
什么事，我也太明白了，因为她一再拿她的小手在脖子里抹
来抹去。我相信这意思是抹脖子，而且那多半是指我的脖子。

　　唐·育才对于这一大堆滔滔汩汩的话，只斩钉截铁的回答几个字。波希米姑娘不胜轻蔑的瞅了他一眼，走到屋子的一角盘膝而坐，捡了一个橘子，剥着吃起来了。

　　唐·育才抓着我的胳膊，开了门把我带到街上。我们一声不出的走了一二百步，然后他用手指着远处，说："一直往前，就是大桥了。"

　　说完他掉过背去很快的走了。我回到客店，有点狼狈，心绪相当恶劣。最糟的是，脱衣服的时候，发觉我的表不见了。

　　种种的考虑使我不愿意第二天去要回我的表，也不想去请求当地的法官替我找回来。我把多明我会藏的手稿研究完了，动身上塞维尔。在安达鲁齐省内漫游了几个月，我想回马德里，而高杜是必经之路。我没有意思再在那里耽久，对这个美丽的城市和高达奎弗河的浴女已经觉得头疼了。但是有几个朋友要拜访，有几件别人委托的事要办，使我在这个回教王的古都中 ① 至少得逗留三四天。

---

① 高杜（西班牙文称高杜伐）城为回教王阿勃拉·埃尔·拉芒一世于七八七年建立，古迹极多，风景幽美，为西班牙名城之一。当地所制皮革及金银器物均驰名国外。

　　我回到多明我会的修院，一位对我考据古孟达遗址素来极感兴趣的神甫，立刻张着手臂嚷道："噢，谢谢上帝！好朋友，欢迎欢迎。我们都以为你不在人世了；我哪，就是现在跟你讲话的我，为超度你的灵魂，念了不知多少天父多少圣哉①，当然我也不后悔。这样说来，你居然没有被强盗杀死！因为你被抢劫我们是知道了。"

　　"怎么呢？"我觉得有些奇怪。

　　"可不是吗，你那只精致的表，从前你在图书馆里工作，我们招呼你去听唱诗的时候，你常常按着机关报钟点的；那表现在给找到了，公家会发还给你的。"

　　"就是说，"我打断了他的话，有点儿窘了，"就是说我丢了的那只……"

　　"强盗现在给关在牢里；像他这种人，哪怕只为了抢一个小钱，也会对一个基督徒开枪的，因此我们很担心，怕他把你杀了。明儿我陪你去见法官领回那只美丽的表。这样，你回去可不能说西班牙的司法办的不行啦！"

---

① 天父为旧教中的一种祈祷，首句均有拉丁文的天父二字。圣哉为祈祷圣母的祷文，首句有拉丁文的圣哉二字。

我回答说："老实告诉你，我宁可丢了我的表，不愿意到法官面前去作证，吊死一个穷光蛋，尤其因为……因为……"

"噢！你放心，他这是恶贯满盈了，人家不会把他吊两次的。我说吊死还说错了呢。你那土匪是个贵族，所以定在后天受绞刑，决不赦免①。你瞧，多一桩抢案少一桩抢案，根本对他不生关系。要是他只抢东西倒还得谢谢上帝呢！但他血案累累，都是一桩比一桩残酷。"

"他叫什么名字？"

"这儿大家叫他育才·拿伐罗，但他还有一个巴斯克名字，音别扭得厉害，你我都休想念得上来。真的，这个人值得一看；你既然喜欢本地风光，该借此机会见识一下西班牙的坏蛋是怎样离开世界的。他如今在小教堂里，可以请玛蒂奈士神甫带你去。"

那位多明我会的修士一再劝我去瞧瞧"挺有意思的绞刑"

---

① 一八三〇年时，西班牙贵族尚享有此项特权。现在（译者按：此系指作者写作的年代，一八四五年）改为立宪制度，平民也有受绞刑的权利了。——原注（译者按：此种绞刑乃令死囚坐于凳上，后置一柱，上有铁箍，可套在死囚颈内，以柱后螺丝逐渐旋紧。此种绞刑以西班牙为最盛行。）

是怎么布置的^①，使我不好意思推辞了。我就去访问监犯，带
了一包雪茄，希望他原谅我的冒昧。

我被带到唐·育才那儿的时候，他正在吃饭，对我冷冷
的点点头，很有礼貌的谢了我的礼物，把我递在他手里的雪
茄数了数，挑出几支，其余的都还给我，说再多也无用了。

我问他，是不是花点儿钱，或者凭我几个朋友的情面，
能把他的刑罚减轻一些。他先耸耸肩膀，苦笑一下；然后又
改变主意，托我做一台弥撒超度他的灵魂。

他又怯生生的说："你肯不肯为一个得罪过你的人再做
一台？"

"当然肯的，朋友；可是我想来想去，这里没有人得罪
过我呀。"

他抓着我的手，态度很严肃的握着，静默了一会儿，又道：
"能不能请你再办一件事？……你回国的时候，说不定要经
过拿伐省，无论如何，维多利亚是必经之路，那离拿伐也不
太远了。"

---

① 西班牙惯例，死囚行刑之前均被送往教堂忏悔，所谓"布置"即指此项手续。

我说："是的，我一定得经过维多利亚；绕道上邦贝吕纳①去一趟也不是办不到的事；为了你，我很乐意多走这一程路。"

"好罢！倘若你上邦贝吕纳，可以看到不少你感兴趣的东西……那是一个挺美丽的城……我把这个胸章交给你（他指着挂在脖子上的一枚小银胸章），请你用纸给包起来……"说到这儿他停了一忽，竭力压制感情，"……或是面交，或是托人转交给一位老婆婆，地址我等会告诉你。——你只说我死了，别说怎么死的。"

我答应一切照办。第二天我又去看他，和他消磨了大半天。下面那些悲惨的事迹便是他亲口告诉我的。

---

① 邦贝吕纳（编者按：今译潘普洛纳）为拿伐省的首府。

三

他说①：我生在巴兹丹盆地上埃里仲杜地方。我的姓名是唐·育才·李查拉朋谷阿。先生，你对西班牙的情形很熟，一听我的姓名就能知道我是巴斯克人，世代都是基督徒②。姓上的唐字不是我僭称的③；要是在埃里仲杜的话，我还能拿出羊皮纸的家谱给你瞧呢。家里人希望我进教会，送我上学，我可不用功。我太喜欢玩回力球了，一生倒霉就为这个。我们拿伐人一朝玩了回力球，便什么都忘了。有一天我赌赢了，一个阿拉伐省的人跟我寻事：双方动了玛基拉④，我又

---

① 本章全部为唐·育才口述，但原文不用引号，兹亦因之。
② 欧洲大陆上的人所称的基督徒均指旧教徒（即加特力教徒）。
③ 西班牙人姓字上冠有唐字，乃贵族之标记，犹法国姓上之特字，德国姓上之洪字，荷兰姓上之梵字。
④ 玛基拉为巴斯克人所用的一种铁棍。——原注

赢了；但这一下我不得不离开家乡。路上遇到龙骑兵，我就投入阿尔芒查联队的骑兵营。我们山里人对当兵这一行学得很快。不久我就当上班长；正当要升作排长的时候，我走了背运，被派在塞维尔烟厂当警卫。倘若你到塞维尔，准会瞧见那所大屋子，在城墙外面，靠着高达奎弗河。烟厂的大门和大门旁边的警卫室，至今还在我眼前。西班牙兵上班的时候，不是玩纸牌就是睡觉；我却凭着规规矩矩的拿伐人脾气，老是不肯闲着。一天我正拿一根黄铜丝打着链子，预备拴我的枪铳针，冷不防弟兄们嚷起来，说："打钟啦，姑娘们快回来上工了。"你知道，先生，烟厂里的女工有四五百；她们在一间大厅上卷雪茄，那儿没有二十四道①的准许，任何男子不得擅入，因为天热的时候她们装束挺随便，特别是年纪轻的。女工们吃过中饭回厂的时节，不少青年男子特意来看她们走过，油嘴滑舌的跟她们打诨。宁绸面纱一类的礼物，很少姑娘会拒绝的；一般风流人物拿这个作饵，上钩的鱼只要弯下身子去捡就是了。大家伙儿都在那里张望，我始

① 二十四道为西班牙城市的警察局长兼行政长官。——原注

终坐在大门口的凳上。那时我还年轻，老是想家乡，满以为不穿蓝裙子，辫子不挂在肩上的[①]，绝不会有好看的姑娘。况且安达鲁齐的女孩子教我害怕，我还没习惯她们那一套：嘴里老是刻薄人，没有一句正经话。当时我低着头只管打链子，忽然听见一些闲人叫起来：呦！奚太那来了。我抬起眼睛，一瞧就瞧见了她。我永远记得很清楚，那天是星期五。我瞧见了那个你认识的卡门，几个月以前我就在她那儿遇到你的。

她穿着一条很短的红裙，教人看到一双白丝袜，上面的破洞不止一个，还有一双挺可爱的红皮鞋，系着火红的缎带。她把面纱撩开着，为的要露出她的肩膀和拴在衬衣上的一球皂角花。嘴角上另外又衔着一朵皂角花。她向前走着，把腰扭来扭去，活像高杜养马场里的小牝马。在我家乡，见到一个这等装束的女人，大家都要画十字的。在塞维尔，她的模样却博得每个人对她说几句风情话；她有一句答一句，做着媚眼，把拳头插在腰里，那种淫荡无耻，不愧为真正的波希米姑娘。我先是不喜欢她，便重新做我的活儿，可是她

---

① 此乃拿伐及巴斯克各省乡下女子的普遍装束。

呀，像所有的女人和猫一样，叫她们来不来，不叫她们来偏来，竟在我面前站住了，跟我说话了："大哥，"她用安达鲁齐人的口语称呼我，"你的链子能不能送我，让我拿去系柜子上的钥匙呢？"

"这是为挂我的枪铳针的。"我回答。

"你的枪铳针！"她笑起来了，"啊，你老人家原来是做挑绣的，要不然怎么会用到别针呢①？"

在场的人都跟着笑了，我红着脸，一个字都答不上来。

她接着又道："好吧，我的心肝，替我挑七尺镂空黑纱，让我做条面纱罢，亲爱的卖别针的！"

然后她拿嘴角上的花用大拇指那么一弹，恰好弹中我的鼻梁。告诉你，先生，那对我好比飞来了一颗子弹……我简直无地自容，一动不动的愣住了，像木头一样。她已经走进工厂，我才瞧见那朵皂角花掉在地下，正好在我两脚之间；不知怎么心血来潮，我竟趁着弟兄们不注意的当口把花捡了起来，当作宝贝一般放在上衣袋里。这是我做的第一桩

① 枪铳针与别针，在原文中只差结尾三个字母，故能用作双关的戏谑语。

傻事！

　　过了二三小时，我还想着那件事，不料一个看门的气喘吁吁，面无人色的奔到警卫室来。他报告说卷雪茄的大厅里，一个女人被杀死了，得赶快派警卫进去。排长吩咐我带着两个弟兄去瞧瞧。我带了两个人上楼了。谁知一进大厅，先看到三百个光穿衬衣的，或是和光穿衬衣相差无几的女人，又是叫，又是喊，指手画脚，一片声响，闹得连上帝打雷都听不见。一边地下躺着个女的，手脚朝天，浑身是血，脸上给人用刀扎了两下，画了个斜十字，几个心肠最好的女工在那里忙着救护。在受伤的对面，我看见卡门被五六个同事抓着。受伤的女人嚷着："找忏悔师来呀！找忏悔师来呀！我要死啦！"卡门一声不出，咬着牙齿，眼睛像四脚蛇一般骨碌碌的打转。我问了声："什么事啊？"但一时也摸不着头脑，因为所有的女工都跟我同时讲话。据说那受伤的女人夸口，自称袋里的钱足够在维里阿那集上买匹驴子。多嘴的卡门取笑她："嗬！你有了一把扫帚还不够吗？"对方听着恼了，或许觉得这样东西犯了她的心病，便回答说她对扫帚是外行，因为没资格做波希米女人或是撒旦的干女儿^①；可是卡门西太小姐只要陪着法官大人出去散步，后面跟着两名当差赶苍蝇的时候，不久就会跟她的驴子相熟了。卡门说："好吧，让我先把你的脸掘个水槽给苍蝇喝水^②，我还想在上面画个棋盘呢。"说时迟，那时快，卡门拿起切雪茄烟的刀就在对方脸上画了个 X 形的十字。

案情是很明白；我抓着卡门的胳膊，客客气气的说："姊妹，得跟我走了。"她瞅了我一眼，仿佛把我认出来似的，接着她装着听天由命的神气，说："好，走吧，我的面纱在哪儿？"

她把面纱没头没脑的包起来，一双大眼睛只露出一只在外面，跟着我两个弟兄走了，和顺得像绵羊。到了警卫室，排长认为案情重大，得送往监狱。押送的差事又派到我身上。我教她走在中间，一边一个龙骑兵，我自己照班长押送监犯的规矩，跟在后面。我们开始进城了，波希米姑娘先是不作

---

① 相传扫帚为女巫作法用具之一，可当作马匹用。
② 苍蝇喝水的槽是一句成语，指又宽又长的伤口。因上文提到苍蝇，故卡门用此双关语。

声；等到走进蛇街，——你大概认得那条街吧，那么多的拐弯真是名副其实，一到了蛇街，她把面纱卸在肩膀上，特意让我看到那个迷人的脸蛋，尽量的扭过头来，和我说："长官，您带我上哪儿去呢？"

"上监狱去，可怜的孩子。"我尽量用柔和的口气回答；一个好军人对待囚犯，尤其是女犯，理当如此。

"哎哟！那我不是完了吗？长官大人，您发发慈悲罢。您这样年轻，这样和气！……"然后她又放低着声音说道："让我逃走罢，我给您一块巴尔·拉岂，可以教所有的女人都爱您。"

巴尔·拉岂的意思是磁石，据波希米人的说法，有秘诀的人可以拿它做出许多妖术：比如磨成细粉，和入一杯白葡萄酒给女人喝了，她就不会不爱你。我却是尽量拿出一本正经的态度回答："这儿不是说废话的地方；我们要送你进监狱，这是上头的命令，无法可想的。"

我们巴斯克人的乡音非常特别，一听就知道跟西班牙人的不同。另一方面，像巴伊·姚那这句话[1]，也没有一个西班

---

[1] 巴伊·姚那为巴斯克语，意思是："是的，先生。"——原注

牙人说得清。所以卡门很容易猜到我是外省人。先生，你知道波希米人是没有家乡，到处流浪的，各地的方言都能讲。不论在葡萄牙，在法兰西，在外省，在加塔罗尼亚，他们都到处为家；便是跟摩尔人和英国人，他们也能交谈。卡门的巴斯克语讲得不坏。她忽然之间跟我说："拉居那·埃纳·皮霍察雷那（我的意中人），你跟我是同乡吗？"

先生，我们的语言真是太好听了，在外乡一听到本土的话，我们就会浑身打颤……

（说到这里，唐·育才轻轻的插了一句："我希望有个外省的忏悔师。"停了一会儿，他又往下说了。）

我听她讲着我本乡的话，不由得大为感动，便用巴斯克语回答说："我是埃里仲杜人。"

她说："我是埃查拉人，——（那地方离开我本乡只有四个钟点的路程。）——被波希米人骗到塞维尔来的。我现在烟厂里做工，想挣点儿钱回拿伐，回到我可怜的母亲身边，她除了我别无依靠，只有一个小小的巴拉察①，种着

---

① 巴拉察为巴斯克语，意思是园子。——原注

二十棵酿酒用的苹果树。啊！要是能够在家乡，站在积雪的山峰底下，那可多好！今天人家糟蹋我，因为我不是本地人，跟这些流氓、骗子、卖烂橘子的小贩不是同乡，那班流氓婆齐了心跟我作对，因为我告诉她们，哪怕她们塞维尔所有的牛大王一齐拿着刀站出来，也吓不倒我们乡下一个头戴蓝帽、手拿玛基拉的汉子。好伙计，好朋友，你不能对个同乡女子帮点儿忙吗？"

先生，这完全是她扯谎，她老是扯谎的。我不知这小娘们儿一辈子有没有说过一句真话，可是只要她一开口，我就相信她，那简直不由我做主。她说的巴斯克语声音是走腔的，我却相信她是拿伐人。光是她的眼睛，再加她的嘴巴，她的皮色，就说明她是波希米人。我却是昏了头，什么都没注意。我心里想，倘若西班牙人敢说我本乡的坏话，我也会割破他们的脸，像她对付她的同伴一样。总而言之，我好像喝醉了酒，开始说傻话了，也预备做傻事了。

她又用巴斯克语和我说："老乡，要是我推你，要是你倒下了，那两个加斯蒂人休想抓得住我……"

真的，我把命令忘了，把一切都忘了，对她说："那么，

朋友，你就试一试罢，但愿山上的圣母保佑你！"

我们正走过一条很窄的巷子，那在塞维尔是很多的。卡门猛的掉过身来，把我当胸一拳。我故意仰天翻倒。她一纵就纵过了我的身子，开始飞奔，教我们只看到她两条腿！……俗话说巴斯克的腿是形容一个人跑得快；她那两条腿的确比谁都不输……不但跑得快，还长得好看。我呀，我立刻站起身子，但是把长枪①横着，挡了路，把弟兄们先给耽搁一会儿。然后我也往前跑了，他们跟在我后面；可是穿着马靴，挂着腰刀，拿着长枪，不用想追上她！还不到我跟你说这几句话的时间，那女犯早已没有了影踪。街坊上的妇女还帮助她逃，有心指东说西，跟我们开玩笑。一忽儿往前一忽儿往后的白跑了好几趟，我们只得回到警卫室，没拿到典狱长的回单。

两个弟兄为了免受处分，说卡门和我讲过巴斯克语，而且那么一个娇小的女孩子一拳就轻易把我这样一个大汉打倒，老实说也不近情理。这种种都很可疑，或者是太明显了。

---

① 西班牙的骑兵均持长枪。——原注

下了班，我被革掉班长，判了一个月监禁。这是我入伍以后第一次受到惩戒。早先以为垂手可得的排长的金线就这样的吹了。

进监的头几天，我心里非常难过。当初投军的时候，想至少能当个军官。同乡龙迦、米那，都是将军了；夏巴朗迦拉，像米那一样是个黑人，也像他一样亡命到你们贵国去的，居然当了上校；他的兄弟跟我同样是个穷小子，我和他玩过不知多少次回力球呢。那时我对自己说：过去在队伍里没受处分的时间都是白费的了。现在你的记录有了污点；要重新得到长官的青眼，必须比你以壮丁资格入伍的时候多用十倍的苦功！而我的受罚又是为的什么？为了一个取笑你的波希米小贼娘！此刻也许就在城里偷东西呢。可是我不由得要想她。她逃的时候让我看得清清楚楚的那双七穿八洞的丝袜，——先生，你想得到吗？——竟老在我眼前。我从牢房的铁栅中向街上张望，的确没有一个过路女人比得上这鬼婆娘。同时我还不知不觉闻到她扔给我的皂角花，虽然干瘪了，香味始终不散……倘若世界上真有什么妖婆的话，她准是其中的一个！

有一天，狱卒进来递给我一块阿加拉面包^①，说道："这是你的表妹给捎来的。"

我接了面包，非常纳闷，因为我没什么表妹在塞维尔。我瞧着面包想道：也许弄错了吧；可是面包那么香，那么开胃，我也顾不得是哪儿来的，送给谁的，决意拿来吃了。不料一切下去，刀子碰到一点儿硬东西。原来是一片小小的英国锉刀，在面包没烘烤的时候放在面粉里的。另外还有一枚值两块钱的金洋。那毫无疑问是卡门送的了。对于她那个神族人，自由比什么都宝贵，为了少坐一天牢，他们会把整个城市都放火烧了的。那婆娘也真聪明，一块面包就把狱卒骗过去了。要不了一小时，最粗的铁栅也能用这把锉刀锯断；拿了这块金洋，随便找个卖旧衣服的，我就能把身上的军装换一套便服。你不难想象在山崖上掏惯老鹰窠的人，绝不怕从至少有三丈高的楼窗口跳到街上；可是我不愿意逃。我还顾到军人的荣誉，觉得开小差是弥天大罪。但我心里对那番念旧的情意很感动。在监牢里，想到外边有人关切你总是很

---

① 阿加拉为塞维尔城外七八里的小镇，所制小面包特别可口，每日均有大批运至城中发卖。——原注

高兴的。那块金洋使我有点气恼，恨不得把它还掉；但哪儿去找我的债主呢？这倒不大容易。

经过了革职的仪式以后，我自忖不会再受什么羞辱的了；谁知还有一件委屈的事要我吞下去。出了监狱重新上班，我被派去和小兵一样的站岗。你真想不到，对于一个有血性的男子，这一关是多么难受哇。我觉得还是被枪毙的好。至少你一个人走到前面，一排兵跟在你后面，大家争着瞧你，你觉得自己是个人物。

我被派在上校门外站岗。他是个有钱的年轻人，脾气挺好，喜欢玩儿。所有年轻的军官都上他家里去，还有许多老百姓，也有女的，据说是女戏子。对于我，那好比全城的人都约齐了到他门口来瞧我。哦！上校的车子来了，赶车的旁边坐着他的贴身当差。你道下来的是谁？……就是那奚太那。这一回她妆扮得像供奉圣徒骨殖的神龛一般，花花绿绿，妖冶无比，从上到下都是披绸戴金的。一件缀着亮片的长袍，蓝皮鞋上也缀着亮片，全身都是金银铺绣的滚边和鲜花。她手里拿着个波浪鼓儿。同来的有两个波希米女人，一老一少。照例还有个带头的老婆子和一个老头儿，也是波希米人，专弄乐器，替她们的跳舞当伴奏的。你知道，有钱人家往往招波希米人去，要她们跳罗马里，这是她们的一种舞蹈；还教她们搅别的玩艺儿。

卡门把我认出来了。我们的眼睛碰在了一起，我恨不得钻下地去。

她说："阿居·拉居那①；长官，你居然跟小兵一样的站岗吗？"

我来不及找一句话回答，她已经进了屋子。

所有的人都在院子里；虽然人多，我隔着铁栅门②差不多把一切都看在眼里。我听见鼓声、响板声、笑声、喝彩声，她擎着波浪鼓儿往上纵的时候，我偶尔还能瞧见她的头。我又听见军官们和她说了不少使我脸红的话。她回答什么，我不知道。我想我真正的爱上她，大概是从那天起的；因为有三四回，我一念之间很想闯进院子，拔出腰刀，把那些调戏她的小白脸全部开肠破肚。我受罪受了大半个时辰；然后一

---

① 巴斯克语："伙计，你好。"——原注

② 塞维尔多数屋子皆有院子，四面围着游廊。夏天大家都待在院中。院子顶上张着布幔，日间浇水，晚上撤去。屋子大门终日洞开，大门与院子之间有一道刻花甚精的铁栅门，则是严扃的。——原注

群波希米人出来了，仍旧由车子送回。卡门走过我身边，用
那双你熟悉的眼睛瞅着我，声音很轻的说："老乡，你要吃
上好炸鱼，可以到德里阿那^①去找里拉·巴斯蒂阿。"

说完，她身子轻得像小山羊似的钻进车子，赶车的把骡
子加上一鞭，就把全班卖艺的人马送到不知哪儿去了。

不消说，我一下班就赶到德里阿那；事先我剃了胡子，
刷了衣服，像阅兵的日子一样。她果然在里拉·巴斯蒂阿的
铺子里。他专卖炸鱼，也是波希米人，皮肤像摩尔人一般的
黑；上他那儿吃炸鱼的人很多，大概特别从卡门在店里歇脚
之后。

她一见我就说："里拉，今儿我不干啦。明儿的事明儿
管^②！——老乡，咱们出去溜溜罢。"

她把面纱遮着脸；我们到了街上，我却是糊里糊涂的不
知上哪儿。

"小姐，"我对她说，"我该谢谢你送到监狱来的礼物。
面包，我吃了；锉刀，我可以磨枪头，也可以留作纪念；可

---

① 德里阿那为塞维尔附郭的小镇，为当地的波希米人麇集之处。
② 西班牙成语。——原注

是钱哪，请你收回罢。"

"呦！他居然留着钱不花，"她大声的笑了。"可是也好，我手头老是很紧；管它！狗只要会跑就不会饿死①。来，咱们把钱吃光算了。你好好请我一顿罢。"

我们回头进城。到了蛇街的街口上，她买了一打橘子，教我用手帕包着。再走几步，她又买了一块面包、一些香肠、一瓶玛查尼拉酒，最后走进一家糖果店，把我还她的金洋，和从她口袋里掏出来的另外一块金洋和几个银角子，一齐摔在柜台上，又要我把身上的钱统统拿出来。我只有一个角子和几个小钱，如数给了她，觉得只有这么一点儿非常难为情她好像要把整个铺子都买下来，尽挑最好最贵的东西，什么甜蛋黄、杏仁糖、蜜饯果子，直到钱花完为止。这些都给装在纸袋里，归我拿着。你大概认得刚第雷育街吧，街上

---

① 波希米俗语。——原注

有个唐·班特罗王的胸像[1]，那倒值得我仔细想一想呢。在这条街上，我们在一所屋子前面停下，她走进过道，敲了底层的门。开门的是个波希米女人，十足地道的撒旦的侍女。卡门用波希米语和她说了几句。老婆子先咕噜了一阵。卡门为了安慰她，给她两个橘子、一把糖果，又教她尝了尝酒；然后替她披上斗篷，送到门口，拿根木闩把门闩上了。等到只剩我们两人的时候，她就像疯子一般的又是跳舞，又是笑，嘴里唱着："你是我的罗姆，我是你的罗米[2]。"

我站在屋子中间，捧着一大堆食物，不知放在哪里好。她却把一切摔在地下，跳上我的脖子，和我说："我还我的债，我还我的债！这才是加莱[3]的规矩！"

---

[1] 相传唐·班特罗王（译者按：系十四世纪时葡萄牙王，称比哀尔一世）素喜在塞维尔城内微服夜游。某夜在街上与人争风，拔剑相斗，将对方刺死。其时仅有一老妇，闻击剑声持小灯开窗出视，此小灯即名刚第雷肯。班特罗身体畸形，故为老妇所认。翌日，大臣奏晚间有人决斗，酿成命案。王问凶手已否发现。臣答曰："然。"王又问何不法治。臣称："谨待王命。"王曰："执法毋徇。"大臣乃将城内王之雕像锯下首级，置于肇事街上。今塞维尔尚有刚第雷肯街，街上仍有一石像，人皆谓唐·班特罗王之胸像，但系近时所雕。因旧像于十七世纪时已极剥落，故市政当局易以新塑。——原注

[2] 罗姆为丈夫，罗米为妻子，均波希米语。——原注

[3] 波希米人自称为加莱（男女性多数），男的为加罗，女的为加里，意义是"黑"。——原注

啊！先生，那一天啊！那一天啊！……我一想到那一天，就忘了还有什么明天。

（唐·育才静默了一会儿，重新点上雪茄，又往下了。）

我们一块儿待了一天，又是吃，又是喝，还有别的。等到她像五六岁的孩子一般吃饱了糖，便抓了几把放在老婆子的水壶里，说是"替她做冰糖酒"；她又把甜蛋黄扔在墙上，摔得稀烂，说是"免得苍蝇跟我们麻烦……"总之，所有刁钻古怪的玩艺儿都做到家了。我说很想看她跳舞，可是哪里去找响板呢？她听了马上把老婆子独一无二的盘子砸破了，打着珐琅碎片跳起罗马里来，跟打着紫檀或象牙的响板一般无二。和她在一起绝不会厌烦，那我可以保险的。天晚了，我听见召集归营的鼓声，便说："我得回营去应卯了。"

"回营去吗？"她一脸瞧不起人的样子，"难道你是个黑奴，给人牵着鼻子跑的吗？简直是只金丝雀，衣服也是的，脾气也是的①。去吧去吧，你胆子跟小鸡一样。"

我便留下了，心里发了狠预备回去受罚。第二天早上，

---

① 西班牙的龙骑兵制服是黄色的，故以金丝雀作譬。——原注

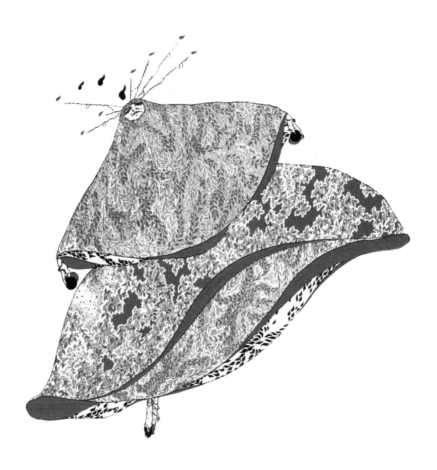

倒是她先提分手的话。

"你说,育才多,我可是报答你了?照我们的规矩,我再也不欠你什么,因为你是个外江佬。但你长得好看,我也喜欢你。咱们这是两讫了。再会吧。"

我问她什么时候能跟她再见。

她笑着回答:"等到你不这么傻的时候。"然后她又用比较正经一些的口吻,说:"你知道吗,小子?我有点儿爱你了。可是不会长久的。狗跟狼做伴,绝没多少太平日子,倘若你肯做埃及人,也许我会做你的罗米。但这些全是废话,办不到的。哎,相信我一句话,你运气不坏。你碰到了魔鬼,——要知道魔鬼不一定是难看的,——他可没把你勒死。我身上披着羊毛,可不是绵羊。快快到你的圣母面前去点支蜡烛吧;她应该受这点儿孝敬。再见了。别再想卡门西太,要不然她会教你娶个木腿寡妇的^①。"

这么说着,她卸下门闩,到了街上,拿面纱一裹,掉转身子就走。

---

① 木腿寡妇是指执行死犯的吊台。——原注(译者按:此语即送人性命之意。)

她说得不错。我要从此不想她就聪明啦；可是从刚第雷育街相会了一场以后，我心里就没第二个念头：成天在街上溜达，希望能遇上她。我向那老婆子和卖炸鱼的打听。两人都回答说她上红土国去了，那是他们称呼葡萄牙的别名。大概是卡门吩咐他们这么说的，因为不久我就发觉他们是扯谎。在刚第雷育街那天以后几星期，我正在某一个城门口站岗。离城门不远，城墙开了一个缺口；日中有工人在那里做活，晚上放个步哨防走私的。白天我先看见里拉·巴斯蒂阿在岗亭四周来回了几次，和好几个弟兄说话；大家都跟他相熟，跟他的炸鱼和炸面块更其熟。他走近来问我有没有卡门的消息。

我回答说："没有。"

"那么，老弟，你不久就会有了。"

他说的倒是实话。夜里，我被派在缺口处站岗。班长刚睡觉，立刻有个女人向我走来。我心里知道是卡门，可是嘴里仍喊着："站开去！不准通行！"

"别吓唬人好不好？"她走上来让我认出了。

"怎么！是你吗，卡门？"

"是的，老乡。少废话，谈正经。你要不要挣一块银洋？等会有人带了私货打这里过，你可别拦他们。"

"不行，我不能让他们过。这是命令。"

"命令！命令！那天在刚第雷育街，你可没想到啊。"

"啊！"我一听提到那件事，心里就糊涂了，"为了那个，忘记命令也是划得来的。可是我不愿意收私贩子的钱。"

"好吧，你不愿意收钱，可愿意再上陶洛丹老婆子那里吃饭？"

"不！我不能够。"我拼命压制自己，差点儿透不过气来。

"好极了。你这样刁难，我不找你啦。我会约你的长官上陶洛丹家。他神气倒是个好说话的，我要他换上一个睁一只眼闭一只眼的哨兵。再会了，金丝雀。等到有朝一日那命令变了把你吊死的命令，我才乐呢。"

我心一软，把她叫回来，说只要能得到我所要的报酬，哪怕要我放过整个的波希姆①也行。她赌咒说第二天就履行条件，接着便跑去通知她那些等在近旁的朋友。一共是五个

---

① 此处所谓波希姆非中欧的地理名称（即今之捷克），而系波希米民族之总称。

人，巴斯蒂阿也在内，全背着英国私货。卡门替他们望风：看到巡夜的队伍，就用响板为号，通知他们；但那夜不必她费心。走私的一霎眼就把事情办完了。

第二天我上刚第雷育街。卡门让我等了好久，来的时候也很不高兴。

"我不喜欢推三阻四的人，"她说，"第一回你帮了我更大的忙，根本不知道有没有报酬。昨天你跟我讨价还价。我不懂自己今天怎么还会来的，我已经不喜欢你了。给你一块银洋做酬劳，你替我走罢。"

我几乎把钱扔在她头上，我拼命压着自己，才没有动手打她。我们吵架吵了一个钟点，我气极了，走了，在城里溜了一会，东冲西撞，像疯子一般；最后我进了教堂，跪在最黑的一角大哭起来。忽然听见一个声音说着："嗬！龙的眼泪 ① 倒好给我拿去做媚药呢。"

我举目一望，原来是卡门站在我面前。

她说："喂，老乡，还恨我吗？不管心里怎么样，我真

---

① 唐·育才为龙骑兵，而龙骑兵在原文中只用一个"龙"字称呼的。

是爱上你了。你一走，我就觉得神魂无主。得了吧，现在是我来问你愿不愿意上刚第雷育街去了。"

于是我们讲和了。可是卡门的脾气像我们乡下的天气。在我们山里，好好儿的大太阳，会忽然来一场阵雨。她约我再上一次陶洛丹家，临时却没有来。陶洛丹老是说她为了埃及的事上红土国去了。

过去的经验使我明白这话是什么意思，我便到处找卡门，凡是她可能去的地方都去了，尤其是刚第雷育街，一天要去好几回。我不时请陶洛丹喝杯茴香酒，差不多把她收服了。一天晚上我正在她那儿，不料卡门进来了，带着一个年轻的男人，就是我们部队里的排长。

"快走罢。"她和我用巴斯克语说。

我愣住了，憋着一肚子怒火。

排长吆喝道："你在这儿干什么？滚，滚出去！"

我却是一步都动不得，仿佛犯了麻痹症。军官大怒，看我不走，连便帽也没脱，便揪着我的衣领狠狠的把我摇了几摇。我不知道说了些什么。他拔出剑来，我的刀也出了鞘，老婆子抓住我的胳膊，我脑门上便中了一剑，至今还留着疤。我退后一步，摆了摆手臂，把陶洛丹仰面朝天摔在地下；军官追上来，我就把刀尖戳进他的身子，他合扑在我刀上倒下了。卡门立刻吹熄了灯，用波希米话教陶洛丹快溜。我自己也窜到街上，拔步飞奔，不知往哪儿去，只觉得背后老是有人跟着。后来我定了定神，才发觉卡门始终没离开我。她说："呆鸟！你只会闯祸。我早告诉过你要教你倒楣的。可是放心，跟一个罗马的法兰德女人 ① 交了朋友，一切都有办法。先拿这手帕把你的头包起来，把皮带扔掉，在这个巷子里等着，我马上就来。"

说完她不见了，一忽儿回来，不知从哪儿弄了件条子花的斗篷，教我脱下制服，就套在衬衣上。经过这番化妆，再加包扎额上伤口的手帕，我活像一个华朗省的乡下人，到塞维尔来卖九法 ② 甜露的。她带我到一条小街的尽里头，走进一所屋子，模样跟早先陶洛丹住的差不多。她和另外一个波希米女人替我洗了伤口，裹扎得比军医官还高明，又给我喝

① 此处的罗马并非那个不朽的城市，波希米人称夫妇为罗马（译者按：此与他们称丈夫妻子的字同出一源，参阅前 51 页注②），同时即以罗马一字自称其民族。西班牙的波希米人，最早大概来自荷兰一带，故又自称为法兰德人。——原注
② 九法是一种球根类植物的根须，可制饮料。——原注

了不知什么东西；最后我被放在一条褥子上，睡着了。

我喝的大概是她们秘制的一种麻醉药，因为第二天我很晚才醒，但头痛欲裂，还有点发烧，半晌方始记起上一天那件可怕的事。卡门和她的女朋友替我换了绷带，一齐屈着腿坐在我褥子旁边，用她们的土话谈了几句，好像是讨论病情。然后两人告诉我，伤口不久就会痊愈，但得离开塞维尔，越早越好；倘若我被抓去了，就得当场枪毙。

"小家伙，你得找点儿事干啦，"卡门和我说，"如今米饭和鳕鱼①，王上都不供给了，得自个儿谋生啦。你太笨了，做贼是不行的。但你身手矫捷，力气很大；倘若有胆量，可以上海边去走私。我不是说过让你吊死吗？那总比枪毙强。搅得好，日子可以过得跟王爷一样，只要不落在民兵和海防队手里。"

这鬼婆娘用这种怂恿的话指出了我的前途；犯了死罪，我的确只有这条路可走了。不用说，她没费多大事儿就把我说服了。我觉得这种冒险与反抗的生活，可以使我跟她的关

① 米饭与鳕鱼均为西班牙士兵的日常粮食。——原注

系更加密切，她对我的爱情也可以从此专一。我常听人说，有些私贩子跨着骏马，手握短铳，背后坐着情妇，在安达鲁齐省内往来驰骋。我已经在脑子里看到，自己挟着美丽的波希米姑娘登山越岭的情景。她听着我的话笑弯了腰，说最有意思的就是搭营露宿的夜晚，每个罗姆拥着他的罗米，进入用三个箍一个幔支起来的小篷帐。

我说："一朝到了山里，我就对你放心了！不会再有什么排长来跟我争了。"

"啊，你还吃醋呢！真是活该。你怎么这样傻呀？你没看出我爱你吗，我从来没向你要过钱。"

听她这么一说，我真想把她勒死。

闲话少说，言归正传。卡门找了一套便服来，我穿了溜出塞维尔，没有被发觉。带着巴斯蒂阿的介绍信，我上吉莱市去找一个卖茴香的商人，那是私贩子聚会的地方。我和他们相见了，其中的首领绰号叫做唐加儿，让我进了帮子。我们动身去谷尚，跟早先与我约好的卡门会合。逢到大家出去干事的时节，卡门就替我们当探子；而她在这方面的本领的确谁也比不上。她从直布罗陀回来，和一个船长讲妥了装一

批英国货到某处海滩上交卸。我们都上埃斯德波那附近去等，货到之后，一部分藏在山中，一部分运往龙达。卡门比我们先去，进城的时间又是她通知的。这第一次和以后几次的买卖都很顺利。我觉得走私的生活比当兵的生活有意思得多；我常常送点东西给卡门。钱也有了，情妇也有了。我心里没有什么悔恨，正像波希米俗语说的，一个人花天酒地的时候，生了疥疮也不会痒的。我们到处受到好款待，弟兄们对我很好，甚至还表示敬意。因为我杀过人，而伙伴之中不是每个人都有这等亏心事的。但我更得意的是常常能看到卡门。她对我的感情也从来没有这么热烈；可是在同伴面前，她不承认是我的情妇，还要我赌神发咒不跟他们提到她的事。我见了这女人就毫无主意，不论她怎么使性，我都依她。并且，这是她第一遭在我面前表示懂得廉耻，像个正经女人。我太老实了，竟以为她把往日的脾气真的改过来了。

我们一帮总共是八个到十个人，只有在紧要关头才聚在一起，平日总是两个一组，三个一队，散开在城里或村里。表面上我们每人都有行业：有的是做锅子的，有的是贩马的；我是卖针线杂货的，但为了那件塞维尔的案子，难得在大地方露面。有一天，其实是夜里了，大家约好在凡日山下相会。唐加儿和我二人先到。他似乎很高兴，对我说："咱们要有个新伙计加入了。卡门这一回大显身手，把关在泰里法陆军监狱的她的罗姆给释放了。"

所有的弟兄们都会讲波希米土话，那时我也懂得一些了；罗姆这个字使我听了浑身一震。

"怎么，她的丈夫！难道她嫁过人吗？"我问我们的首领。

"是的，嫁的是独眼龙迦奇阿，跟她一样狡猾的波希米人。可怜的家伙判了苦役。卡门把陆军监狱的医生弄得神魂颠倒，居然把她的罗姆恢复自由。啊！这小娘们儿真了不起。她花了两年功夫想救他出来，没有成功。最近医官换了人，她马上得手了。"

你不难想象我听了这消息以后的心情。不久我就见到独眼龙迦奇阿，那真是波希姆出的最坏的坏种：皮肤黑，良心更黑，我一辈子也没遇到这样狠毒的流氓。卡门陪着他一块儿来，一边当着我叫他罗姆，一边趁他掉过头去的时候对我眨眼睛，扯鬼脸。我气坏了，一晚没和她说话。第二天早上，大家运着私货出发，不料半路上有十来个骑兵跟踪而来。那些只会吹牛，嘴里老是说不怕杀人放火的安达鲁齐人，马上哭丧着脸纷纷逃命，只有唐加儿、迦奇阿、卡门和一个叫做雷蒙达杜的漂亮小伙子，没有着慌。其余的都丢下骡子，跳入追兵的马过不去的土沟里。我们没法保全牲口，只能抢着把货扛在肩上，翻着最险陡的山坡逃命。我们把货包先往底下丢，再蹲着身子滑下去。那时，敌人却躲在一边向我们开枪了；这是我第一遭听见枪弹飕飕的飞过，倒也不觉得有什么。可是有个女人在眼前，不怕死也不算稀奇。终于我们脱险了，除掉可怜的雷蒙达杜；他腰里中了一枪，我扔下包裹，想把他抱起来。

"傻瓜！"迦奇阿对我嚷着，"背个死尸干什么？把他结果了罢，别丢了咱们的线袜。"

"丢下他算了！"卡门也跟着嚷。

我累得要死，不得不躲在岩石底下把雷蒙达杜放下来歇一歇。迦奇阿却过来拿短铳朝着他的头连放十二枪，把他的脸打得稀烂，然后瞧着说："哼，现在谁还有本领把他认出来吗？"

你瞧，先生，这便是我所谓的美妙生活。晚上我们在一个小树林中歇下，筋疲力尽，没有东西吃，骡子都已丢完，当然是一无所有了。可是你猜猜那恶魔似的迦奇阿干些什么？他从袋里掏出一副纸牌，凑着他们生的一堆火，和唐加儿俩玩起牌来。我躺在地下，望着星，想着雷蒙达杜，觉得自己还是像他一样的好。卡门蹲在我旁边，不时打起一阵响板，哼哼唱唱。后来她挪过身子，像要凑着我耳朵说话似的，不由分说亲了我两三回。

"你是个魔鬼。"我和她说。

"是的。"她回答。

休息了几小时，她到谷尚去了；第二天早上，有个牧童给我们送了些面包来。我们在那儿待了一天，夜里偷偷的走近谷尚，等卡门的消息。可是一点消息都没有。天亮的时候，路上有个骡夫赶着两匹骡，上面坐着一个衣着体面的女人，撑着阳伞，带着个小姑娘，好像是她的侍女。迦奇阿和我们说："圣·尼古拉①给我们送两个女人两匹骡子来了。最好

———————————
① 盗贼均奉圣·尼古拉为祖师。

是不要女人，全是骡子；可是也罢，让我去拦下来！"

他拿了短铳，掩在杂树林中往小路走下去。我和唐加儿跟着他，只隔着几步。等到行人走近了，我们便一齐跳出去，嚷着要赶骡的停下来。我们当时的装束大可以把人吓一跳的，不料那女的倒反哈哈大笑。

"啊！这些傻瓜竟把我当作大家闺秀了！"

原来是卡门，她化妆得太好了，倘若讲了另一种方言，我简直认不出来。她跳下骡子，和唐加儿与迦奇阿咕哝了一会儿，然后跟我说："金丝雀，在你没上吊台以前，咱们还会见面的。我为埃及的事要上直布罗陀去了，不久就会带信给你们。"

她临走指点我们一个可以躲藏几天的地方。这姑娘真是我们的救星。不久她教人送来一笔钱，还带来一个比钱更有价值的消息，就是某一天有两个英国爵爷从格勒拿特到直布罗陀去，要经过某一条路。俗语说得好：只要有耳朵，包你有生路。两个英国人有的是金基尼 ①。迦奇阿要把他们杀死。

---

① 基尼为英国货币，值一镑一先令，今已废止。

我跟唐加儿两人反对。结果只拿了他们的钱和表，和我们最缺少的衬衣。

先生，一个人的堕落是不知不觉的。你为一个美丽的姑娘着了迷，打了架，闯了祸，不得不逃到山里去，而连想都来不及想，已经从走私的变成土匪了。自从犯了那两个英国人的案子以后，我们觉得待在直布罗陀附近不大妥当，便躲入龙达山脉。——先生，你和我提的育才–玛丽亚，我便是在那儿认识的。他出门老带着他的情妇。那女孩子非常漂亮，人也安分，朴素，举动文雅，从来没一句下流话，而且忠心到极点！……他呀，他可把她折磨得厉害，平时对女人见一个追一个；还要虐待她，喜欢吃醋。有一回他把她扎了一刀。谁知她反倒更爱他。唉，女人就是这样脾气，尤其是安达鲁齐的女人。她对自己胳膊上的伤疤很得意，当作宝物一般的给大家看。除此以外，育才–玛丽亚还是一个最没义气的人，你决不能跟他打交道！我们一同做过一桩买卖，结果他偷天换日，把好处一个人独占，我们只落得许多麻烦和倒楣事儿。好了，我不再扯开去了。那时我们得不到卡门的消息，唐加儿便说："咱们之中应当有一个上直布罗陀走一遭；

她一定筹划好什么买卖了。我很愿意去，可是直布罗陀认识我的人太多了。"

独眼龙说："我也是的，大家都认得我；我跟龙虾①开了那么多玩笑，再加我是独眼，不容易化妆。"

我就说："那么应当是我去了。该怎么办呢？"一想到能再见卡门，我心里就高兴。

他们和我说："或是搭船去，或是走陆路经过圣·洛克去，都随你。到了直布罗陀，你在码头上打听一个卖巧克力的女人，叫做拉·洛洛那；找到她，就能知道那边的情形了。"

大家决定先同到谷尚山中，我把他们留在那边，自己再扮作卖水果的上直布罗陀。到了龙达，我们的一个同党给我一张护照；在谷尚，人家又给我一匹驴：我载上橘子和甜瓜，就上路了。到了直布罗陀，我发觉跟拉·洛洛那相熟的人很多，但她要不是死了，就是进了监牢；据我看，她的失踪便是我们跟卡门失去联络的原因。我把驴子寄在一个马房

---

① 西班牙人把英国兵叫做龙虾，因他们制服的颜色与龙虾相似。——原注（译者按：直布罗陀为英属，故驻有英国军队。）

里，自己背着橘子上街，表面上是叫卖，其实是为碰运气，看能不能遇到什么熟人。直布罗陀是世界各国的流氓汇集之处，而且简直是座巴倍尔塔①，走十步路就能听到十种语言。我看到不少埃及人，但不敢相信他们；我试探他们，他们也试探我：明知道彼此都是一路货，可弄不清是否同一个帮子。白跑了两天，关于拉·洛洛那和卡门的消息一点没打听出来，我办了些货，预备回到两个伙伴那里去了；不料傍晚走在某一条街上，忽然听见窗口有个女人的声音喊着："喂，卖橘子的！……"我抬起头来，看见卡门把肘子靠在一个阳台上，旁边有个穿红制服、戴金肩章、烫头发的军官，一副爵爷气派。她也穿得非常华丽：又是披肩，又是金梳子，浑身都是绸衣服；而且那婆娘始终是老脾气，吱吱格格的在那里大笑。英国人好不费事的说着西班牙文叫我上去，说太太要买橘子；卡门又用巴斯克语和我说："上来罢，别大惊小怪！"

　　的确，她花样太多了，什么都不足为奇。我这次遇到她，

---

① 巴倍尔塔是诺亚预备登天而造的塔。上帝怒其狂妄，使造塔的工人讲种种不同的语言，彼此无法了解，造塔工程因即无法继续，事见《圣经》。

说不上心中是悲是喜。大门口站着一个高大的英国当差头，上扑着粉①，把我带进一间富丽堂皇的客厅。卡门立刻用巴斯克语吩咐我："你得装作一句西班牙文都不懂，跟我也是不认识的。"

然后她转身对英国人："我不是早告诉你吗，我一眼就认出他是巴斯克人，你可以听听他们说的话多古怪。他模样长得多蠢，是不是？好像一只猫在食柜里偷东西，被人撞见了似的。"

"哼，你呢，"我用我的土话回答，"你神气完全是个小淫妇儿；我恨不得当着你这个姘夫教你脸上挂个彩才好呢。"

"我的姘夫！你真聪明，居然猜到了！你还跟这傻瓜吃醋吗？自从刚第雷育街那一晚以后，你变得更蠢了。你这笨东西，难道没看出我正在做埃及买卖，而且做得挺好吗？这屋子是我的，龙虾的基尼不久也是我的；我要他东，他不敢说西；我要把他带到一个永远回不来的地方去。"

"倘若你还用这种手段搅埃及买卖，我有办法教你不敢

---

① 十九世纪的人尚多戴假发，假发上再扑粉：欲有某种颜色的头发，即扑某种颜色的粉。

再来。"

"哎唷！你是我的罗姆吗，敢来命令我？独眼龙觉得我这样办很好，跟你有什么相干？你做了我独一无二的小心肝，还不满足吗？"

英国人问："他说些什么呀？"

卡门回答："他说口渴得慌，很想喝一杯。"

她说罢，倒在双人沙发上对着这种翻译哈哈大笑。

告诉你，先生，这婆娘一笑之下，谁都会昏了头的。大家都跟着她笑了。那个高大颠顶的英国人也笑了，教人拿酒给我。

我正喝着酒，卡门说："他手上那个戒指，看见没有？你要的话，我将来给你。"

我回答："戒指！去你的罢！嘿，要我牺牲一只手指也愿意，倘若能把你的爵爷抓到山里去，一人一根玛基拉[①]比一比。"

"玛基拉，什么叫做玛基拉？"英国人问。

---

① 关于玛基拉的意义，参阅前 34 页的注④。

"玛基拉就是橘子，"卡门老是笑个不停。"把橘子叫做玛基拉，不是好笑吗？他说想请你吃玛基拉。"

"是吗？"英国人说。"那么明天再拿些玛基拉来。"

说话之间，仆人来请吃晚饭了。英国人站起来，给我一块钱，拿胳膊让卡门搀着，好像她自个儿不会走路似的。卡门还在那里笑着，和我说："朋友，我不能请你吃饭；可是明儿一听见阅兵的鼓声，你就带着橘子上这儿来。你可以找到一间卧房，比刚第雷育街的体面一些。那时你才知道我还是不是你的卡门西太。并且咱们也得谈谈埃及的买卖。"

我一言不答，已经走到街上了，英国人还对我嚷着："明天再拿玛基拉来！"我又听见卡门哈哈大笑。

我出了门，拿不定主意怎么办，晚上没睡着，第二天早上我对这奸细婆娘恨死了，决意不再找她，径自离开直布罗陀；可是鼓声一响，我就泄了气，背了橘子篓直奔卡门的屋子。她的百叶窗半开着，我看见她那双大黑眼睛在后面张望。头上扑粉的当差立刻带我进去；卡门打发他上街办事去了。等到只剩下我们两人，她就像鳄鱼般张着嘴大笑一阵，跳上我的脖子。我从来没看见她这样的美，妆扮得像圣母似的，异香扑鼻……家具上都披着绫罗绸缎，挂着绣花幔子……啊！而我却是个土匪打扮。

卡门说："我的心肝，我真想把这屋子打个稀烂，放火烧了，逃到山里去。"

然后是百般温存！……又是狂笑！……又是跳舞！她撕破衣衫的褶裥，栽筋斗，扯鬼脸，那种淘气的玩艺连猴子也及不上。过了一会儿，她又正经起来，说道："你听着，我告诉你埃及的买卖。我要他陪我上龙达，那儿我有个修道的姊姊……（说到这儿又是一阵狂笑。）我们要经过一个地方，以后再通知你是哪儿。到时你们上来把他抢个精光！最好是送他归天，可是，——（她狞笑着补上一句，某些时候她就有这种笑容，教谁见了都不想跟着她一起笑的。）——你知道该怎么办吗？让独眼龙先出马，你们后退一些。龙虾很勇敢，本领高强，手枪又是挺好的……你明白没有？……"

她停下来纵声大笑，使我听了毛骨悚然。

"不行，"我回答说，"我虽然讨厌迦奇阿，但我们是伙计。也许有一天我会替你把他打发掉，可是要用我家乡的办法。我当埃及人是偶然的；对有些事，我像俗语说的始终是个拿伐的好汉。"

她说："你是个蠢货，是个傻瓜，真正的外江佬。你像那矮子一样，把口水唾远了些，就自以为长人①。你不爱我，你去罢。"

她跟我说：你去罢。我可是不能去。我答应动身，回到伙伴那儿等英国人。她那方面也答应装病，直病到离开直布罗陀到龙达去的时候。我在直布罗陀又待了两天。她竟大着胆子，化了妆到小客店来看我。我走了，心里也拿定了主意。我回到大家约会的地方，已经知道英国人和卡门什么时候打哪儿过。唐加儿和迦奇阿等着我。我们在一个林子里过夜，拿松实生了一堆火，烧得很旺。我向迦奇阿提议赌钱。他答应了。玩到第二局，我说他作弊；他只是嘻嘻哈哈的笑。我把牌扔在他脸上。他想拿他的短铳，被我一脚踏住了，说道："人家说你的刀法跟玛拉迦最狠的牛大王一样厉害，要不要跟我比一比？"唐加儿上来劝解。我把迦奇阿捶了几拳。他一气之下，居然胆子壮了，拔出刀来；我也拔出刀来。我们

---

① 此系波希米的俗谚。——原注

俩都叫唐加儿站开，让我们公平交易，见个高低。唐加儿眼见没法阻拦，便闪开了。迦奇阿弓着身子，像猫儿预备扑上耗子一般。他左手拿着帽子挡锋①，把刀子扬在前面。这是他们安达鲁齐的架式。我可使出拿伐的步法，笔直的站在他对面，左臂高举，左腿向前，刀子靠着右面的大腿。我觉得自己比巨人还勇猛。他像箭一般的直扑过来；我把左腿一转，他扑了个空，我的刀却已经戳进他的咽喉，而且戳得那么深，我的手竟到了他的下巴底下。我把刀一旋，不料用力太猛，刀子断了。他马上完了。一道像胳膊价粗的血往外直冒，把断掉的刀尖给冲了出来。迦奇阿像一根柱子似的，直僵僵的扑倒在地下。

"你这是干什么呀？"唐加儿问我。

"老实告诉你，我跟他势不两立。我爱卡门，不愿意她有第二个男人。再说，迦奇阿不是个东西，他对付可怜的雷蒙达杜的手段，我至今记着。现在只剩咱们两个了，但咱们都是男子汉大丈夫。你说，愿不愿意跟我结个生死之交？"

---

① 此系击剑与其他武术中的术语。

唐加儿向我伸出手来。他已经是个五十岁的人了。

"男女私情太没意思了，"他说，"你要向他明讨，他只要一块钱就肯把卡门卖了。如今我们只有两个人了，明儿怎么办呢？"

"让我一个人对付吧。现在我天不怕地不怕了。"

埋了迦奇阿，我们移到二百步以外的地方去过宿。第二天，卡门和英国人带着两个骡夫一个当差来了。我跟唐加儿说："把英国人交给我。你管着别的几个，他们都不带武器。"

英国人倒是个有种的。要不是卡门把他的胳膊推了一下，他会把我打死的。总而言之，那天我把卡门夺回了，第一句话就是告诉她已经做了寡妇。她知道了详细情形，说道："你是个呆鸟，一辈子都改不了。照理你是要被迦奇阿杀死的。你的拿伐架式只是胡闹，比你本领高强的人，送在他手下的多着呢。这一回是他死日到了。早晚得轮到你的。"

我回答说："倘若你不规规矩矩做我的罗米，也要轮到你的。"

"好罢；我几次三番在咖啡渣里看到预兆，我跟你是要一块儿死的。管它！听天由命罢。"

她打起一阵响板；这是她的习惯，表示想忘掉什么不愉快的念头。

一个人提到自己，不知不觉话就多了。这些琐碎事儿一定使你起腻了吧，可是我马上就完了。我们那种生活过得相当长久。唐加儿和我又找了几个走私的弟兄合伙；有时候，不瞒你说，也在大路上抢劫，但总得到了无可如何的关头才干一下。并且我们不伤害旅客，只拿他们的钱。有几月功夫，我对卡门很满意，她继续替我们出力，把好买卖给我们通风报信。她有时在玛拉迦，有时在高杜，有时在格勒拿特；但只要我捎个信去，她就丢下一切，到乡村客店，甚至也到露宿的帐篷里来跟我相会。只有一次，在玛拉迦，我有点儿不放心。我知道她勾上了一个大富商，预备再来一次直布罗陀的把戏。不管唐加儿怎么苦劝，我竟大清白日的闯进玛拉迦，把卡门找着了，立刻带回来。我们为此大吵了一架。

"你知道吗？"她说，"自从你正式做了我的罗姆以后，我就不像你做我情人的时候那么喜欢你了。我不愿意人家跟我麻烦，尤其是命令我。我要自由，爱怎么就怎么。别逼人太甚。你要是惹我厌了，我会找一个体面男人，拿你对付独眼龙的办法对付你。"

唐加儿把我们劝和了：可是彼此已经说了些话，记在心上，不能再跟从前一样了。没有多久，我们倒了楣，受到军队包围。唐加儿和两位弟兄被打死，另外两个被抓去。我受了重伤，要不是我的马好，也早落在军队手里了。当时我累得要命，身上带着一颗子弹，去躲在树林里，身边只剩下一个独一无二的弟兄。一下马，我就晕了，自以为就要死在草堆里，像一头中了枪的野兔一样。那弟兄把我抱到一个我们常去的山洞里，然后去找卡门。她正在格勒拿特，马上赶了来。半个月之内，她目不交睫，片刻不离的陪着我。没有一个女人能及得上她看护的尽心与周到，哪怕是对一个最心爱的男人。等到我能站起来了，她极秘密的把我带进格勒拿特。波希米人到哪儿都有藏身之处；我六个星期躲在一所屋子里，跟通缉我的法官的家只隔两间门面。好几次，我掩在护窗后面看见他走过。后来我把身子养好了；但躺在床上受罪的时期，我千思百想，转了好多念头，打算改变生活。我告诉卡门，说我们可以离开西班牙，上新大陆去安安分分的过日子。她听了只是笑我："我们这等人不是种菜的料，天生是靠外江佬过活的。告诉你，我已经和直布罗陀的拿打·彭·约瑟夫接洽好一桩买卖。他有批棉织品，只等你去运进来。他知道你还活着，一心一意的倚仗着你。你要是失信了，对咱们直布罗陀的联络员怎么交代呢？"

我被她说动了，便继续干我那个不清不白的营生。

我躲在格勒拿特的时节，城里有斗牛会，卡门去看了。回来她说了许多话，提到一个挺有本领的斗牛士，叫做吕加的。他的马叫什么名字，绣花的上衣值多少钱，她全知道。我先没留意。过了几天，我那唯一老伙计耶尼多，对我说看见卡门和吕加一同在查加打一家铺子里。我这才急起来，问卡门怎么认识那斗牛士的，为什么认识的。

她说："这小伙子，咱们可以打他的主意。只要河里有声音，不是有水，便是有石子①。他在斗牛场中挣了一千二百块钱。两个办法随你挑：或是拿他的钱，或是招他入伙。他骑马的功夫很好，胆子又很大。咱们的弟兄这个死

---

① 此系波希米人的俗谚。——原注

了，那个死了，反正得添人，你就邀他入伙罢。"

我回答说："我既不要他的钱，也不要他的人，还不准你和他来往。"

"小心点儿，"她说，"人家要干涉我做什么事，我马上就做！"

幸亏斗牛士上玛拉迦去了，我这方面也着手准备把犹太人的棉织品运进来。这件事使我忙得不可开交，卡门也是的。我把吕加忘了，或许她也忘了，至少是暂时。先生，我第一次在蒙底拉附近，第二次在高杜城里和你相遇，便是在那一段时间。最后一次的会面不必再提，也许你知道的比我更多。卡门偷了你的表，还想要你的钱，尤其你手上戴的那个戒指，据说是件神妙的宝物，为她的巫术极有用处。

我们为此大闹一场，我打了她，她脸色发青，哭了。这是我第一次看见她哭，不由得大为震动。我向她道歉，但她整天怄气，我动身回蒙底拉，她也不愿意和我拥抱。我心中非常难受；不料三天以后，她来找我了，有说有笑，像梅花雀一样的快活。过去的事都忘了，我们好比一对才结合了两天的情人。分别的时候，她说："我要到高杜去赶节，哪些人是带了钱走的，我会通知你。"

我让她动身了。剩下我一个人的时候，我把那个节会，和卡门突然之间那么高兴的事，细细想了想。我对自己说，她先来迁就我，一定是对我出过气了。一个乡下人告诉我，高杜城里有斗牛。我听了浑身的血都涌起来，像疯子一般的出发了，赶到场子里。有人把吕加指给我看了；同时在第一排的凳上，我也看到了卡门。一瞥之下，我就知道事情不虚。吕加不出我所料，遇到第一条牛就大献殷勤，把绸结子①摘下来递给卡门，卡门立刻戴在头上。可是那条牛替我报了仇。吕加连人带马被它当胸一撞，翻倒在地下，还被它在身上踏过。我瞧着卡门，她已经不在座位上了。我被人挤着，脱身不得，只能等到比赛完场。然后我到你认得的那所屋子里，整个黄昏和大半夜功夫，我都静静的等着。清早两点左右，卡门回来了，看到我觉得有些奇怪。

我对她说："跟我走。"

"好，走吧！"

---

① 绸结子的颜色是每头牛出身的畜牧场的标记，结子用钩子勾在牛皮上。斗牛士从活牛身上摘下此结献给妇女，是表示极大的爱慕之意。——原注

我牵了马，教她坐在马后；大家走了半夜，没有一句话。天亮的时候，我们到一个孤零零的小客店中歇下，附近有个神甫静修的小教堂。到了那里，我和她说："你听着，过去的一切都算了，我什么话都不跟你提；可是你得赌个咒：跟我上美洲去，在那边安分守己的过日子。"

"不，"她声音很不高兴，"我不愿意去美洲。我在这儿觉得很好呢。"

"那是因为你可以接近吕加；可是仔细想一想吧，即使他医好了，也活不了多久。并且干什么你要我跟他生是非呢？把你的情人一个一个的杀下去，我也厌了；要杀也只杀你了。"

她用那种野性十足的目光直瞪着我，说道："我老是想到你会杀我的。第一次见到你之前，我在自己门口遇到一个教士。昨天夜里从高杜出来，你没看到吗？一只野兔在路上窜出来，正好在你马脚中间穿过。这是命中注定的了。"

"卡门西太，你不爱我了吗？"

她不回答，交叉着腿坐在一张席上，拿手指在地下乱画。

"卡门，咱们换一种生活罢，"我用着哀求的口吻，"住

到一个咱们永远不会分离的地方去。你知道，离此不远，在一株橡树底下，咱们埋着一百二十盎司的黄金……犹太人彭·约瑟夫那儿，咱们还有存款。"

她笑了笑回答："先是我，再是你。我知道一定是这么回事。"

"你想想罢，"我接着说，"我的耐性，我的勇气，都快完了；你打个主意罢，要不然我就决定我的了。"

我离开了她，走到小教堂那边，看见隐修的教士做着祈祷。我等他祈祷完毕，心里也很想祈祷，可是不能。看他站了起来，我便走过去和他说："神甫，能不能请您替一个命在顷刻的人做个祈祷？"

"我是替一切受难的人祈祷的。"他回答。

"有个灵魂也许快要回到造物主那里去了，您能为它做一台弥撒？"

"好罢。"他把眼睛直瞪着我。

因为我的神气有点异样，他想逗我说话。

"我好像见过你的。"他说。

我放了一块银洋在他凳上。

"弥撒什么时候开始呢？"

"再等半个钟点。那边小客店老板的儿子要来帮我上祭。年轻人，你是不是良心上有什么不安？愿不愿意听一个基督徒的劝告？"

我觉得自己快哭出来了，告诉他等会儿再来，说完便赶紧溜了。我去躺在草地上，直等到听见钟声响了才走近去，可是没进小教堂。弥撒完了，我回到客店去，希望卡门已经逃了，她满可以骑着我的马溜掉的……但她没有走。她不愿意给人说她怕我。我不在的时候，她拆开衣衫的贴边，拿出里头的铅块；那时正坐在一张桌子前面，瞅着一个水钵里的铅块，那是她才熔化了丢下的。她聚精会神的作着她的妖法，一时竟没发觉我回来。一忽儿她愁容满面的拿一块铅翻来翻去，一忽儿唱一支神秘的歌，呼召唐·班特罗王的情妇，玛丽·巴第拉，据说那是波希米族的女王①。

"卡门，"我和她说，"能不能跟我来？"

她站起来把她的木钟扔了，披上面纱，预备走了。店里

---

① 相传玛丽·巴第拉以妖术蛊惑唐·班特罗王，以一金带献于王后，王见后身上缠有毒蛇，自是即深恶后而专宠玛丽·巴第拉。——原注

的人把我的马牵来，她仍坐在马后，我们出发了。

走了一程，我说："卡门，那么你愿意跟我一块儿走了，是不是？"

"跟你一块儿死，是的，可是不能再跟你一块儿活下去。"

我们正走到一个荒僻的山峡，我勒住了马。

"是这儿吗？"她一边问一边把身子一纵，下了地。她拿掉面纱，摔在脚下，一只手插在腰里，一动不动，定着眼直瞪着我。

她说："我明明看出你要杀我，这是我命该如此，可是你不能教我让步。"

我说："我这是求你，你心里放明白些罢。你听我的话呀！过去种种都甭提啦。可是你知道，是你把我断送了的。为了你，我当了土匪，杀了人。卡门！我的卡门！让我把你救出来罢，把我自己和你一起救出来罢。"

她回答："育才，你的要求，我办不到。我已经不爱你了。你，你还爱着我，所以要杀我。我还能对你扯谎，哄你一下；可是我不愿意费事了。咱们之间一切都完了。你是我的罗姆，有权杀死你的罗米。可是卡门永远是自由的。她生来是加里，死了也是加里①。"

"那么你是爱吕加了？"我问她。

"是的，我爱过他，像对你一样爱过一阵，也许还不及爱你的情分。现在我谁都不爱了，我因为爱过了你，还恨我自己呢。"

我扑在她脚下，拿着她的手，把眼泪都掉在她手上。我跟她提到我们一起消磨的美妙的时间。我答应为了讨她喜欢，仍旧当土匪当下去。先生，我把一切，一切都牺牲了，但求她仍旧爱我！

她回答说："仍旧爱你吗？办不到。我不愿意跟你一起生活了。"

我气疯了，拔出刀来，巴不得她害了怕，向我讨饶，但这女人简直是个魔鬼。

我嚷道："最后再问你一次，愿不愿意跟我走？"

"不！不！不！"她一边说一边跺脚。

她从手上脱下我送给她的戒指，往草里扔了。

---

① 加里的意义参阅前 51 页的注③。

　　我戳了她两刀。那是独眼龙的刀子，我自己的一把早已断了。在第二刀上，她一声不出的倒了下去。那双直瞪着我的大眼睛，至今在我眼前；一忽儿她眼神模糊了，闭上了眼。我在尸首前面失魂落魄的呆了大半天。然后我想起来，卡门常常说喜欢死后葬在一个树林里。我便用刀挖了一个坑，把她放下。我把她的戒指找了好久，终于找到了，放在坑里，靠近着她，又插上一个小小的十字架。也许这是不应该的。然后我上了马，直奔高杜，遇到第一个警卫站就自首了。我承认杀了卡门，可不愿意说出尸身在哪儿。隐修的教士真是一个圣者。他居然替她祷告了，为她的灵魂做了一台弥撒……可怜的孩子！把她教养成这样，都是加莱的罪过。

四 [1]

散布在全欧洲的这个流浪民族，或是称为波希米，或是称为奚太诺，或是称为奇泼赛，或是称为齐格耐 [2]，或是叫做别的名字，至今还是在西班牙为数最多。他们大半都住在，更准确的说是流浪于南部东部各省，例如安达鲁齐、哀斯德拉玛杜、缪西；加塔罗尼亚省内也有很多 [3]，——这方面的波希米人往往流入法国境内。我们南方各地的市集上都有他们的踪迹。男人的职业不是贩马，便是替骡子剪毛，或是当兽医；别的行业是修补锅炉铜器，当然也有做走私和其他不

---

① 《卡门》第一次发表于一八四五年十月一日出版的《两球杂志》，全文至第三章为止。此第四章乃作者于一八四七年印单行本时加入。

② 齐格耐是德国人称呼波希米人的名字，奇泼赛为英国人称波希米人的名字。

③ 哀斯德拉玛省位于西班牙西部偏南，与葡萄牙接壤；缪西省在西南部的地中海滨；加塔罗尼亚省在北部，与法国接壤。

正当的事的。女人的营生是算命、要饭、卖各种有害无害的药品。

波希米人体格的特点，辨认比描写容易，你看到了一个，就能从一千个人中认出一个与他同种的人。与住在一地的异族相比，他们的不同之处是在相貌与表情方面。皮色黑沉沉的，老是比当地的土著深一点。因为这个缘故，他们往往自称为加莱（黑人）①。眼睛的斜视很显著，但长得很大很美，眼珠很黑，上面盖着一簇又浓又长的睫毛。他们的目光大可比之于野兽的目光，大胆与畏缩兼而有之；在这一点上，他们的眼睛把他们的民族性表现得相当准确：狡猾，放肆，同时又天生的怕挨打，像巴奴越②一样。男人多半身段很好，矫捷，轻灵，我记得从来没遇到一个身体臃肿的。德国的波希米女人好看的居多；但西班牙的奚太那极少有俊俏的。年轻的时候，她们虽然丑，还讨人喜欢；但一朝生了孩子就不可向迩了。不论男女，都是出人意料的肮脏，谁要没

---

① 德国的波希米人虽很了解加莱一字的意义，但不喜欢人家这样称呼他们。——原注
② 巴奴越为法国十六世纪大作家拉勃莱笔下的典型人物，人类恶劣的本能几无不具备，但玩世不恭，言辞隽永，亦有其可爱处。

亲眼见过一个中年妇女的头发决计想象不出是怎么回事，纵使你用最粗硬、最油腻、灰土最多的马鬃来比拟，也还差得很远。在安达鲁齐省内某几个大城市里，略有姿色的姑娘们对自身的清洁比较注意一些。这般女孩子拿跳舞来卖钱，跳的舞很像我们在狂欢节的公共舞会中禁止的那一种。英国传教士鲍罗先生，受了圣经会的资助向西班牙境内的波希米人传教，写过两部饶有兴味的著作；他说奚太那决不委身于一个异族的男人，绝无例外。我觉得他赞美她们贞操的话是过分的。第一，大半的波希米女人都像奥维特书中的丑婆娘：俏姑娘，你们及时行乐罢。贞洁的女人决没有人请教①。至于长得好看的，那也和所有的西班牙女子一样，挑选情人的条件很苛：既要讨她们喜欢，又要配得上她们。鲍罗先生举一个实例证明她们的贞操，其实倒是证明他自己的贞操，或者更准确的说，是证明他的天真。他说，他认识一个浪子，送了好几盎司黄金给一个奚太那，结果一无所得。我把这故事讲给一个安达鲁齐人听，他说这个浪子倘若拿出两三块银

---

① 见奥维特（公元前一世纪的拉丁诗人）所著《论爱情》第一卷《哀歌》第七首；上引二语系作者假托鸨母所说。

洋，倒还有得手的希望；把几个盎司的黄金送给一个波希米女人，其无用正如对一个乡村客店的姑娘许上一二百万的愿。——虽然如此，奚太那对丈夫的赤胆忠心却是千真万确的。为了救丈夫的患难，她们能受尽辛苦，历尽艰难。他们对自己民族的称呼之一，罗梅，原义是夫妇，足以说明他们对婚姻关系的重视，以一般而论，他们最主要的优点是乡情特别重，我的意思是指他们对同族的人的忠实，患难相助的热心，和作奸犯科的时候严守秘密的义气。但在一切不法的秘密社团中都有类似的情形。

几个月以前，我在伏越山中①参观一个定居在那里的波希米部落。在一个女族长的小屋子里，住着一个非亲非故，得了不治之症的波希米人。他原来住在医院里受到很好的看护，但特意出来死在同乡人中间。他在那儿躺了十三个星期。主人把他招待得比同住一屋的儿子女婿还要好。他睡的是一张用干草与藓苔铺得很舒服的床，被褥相当干净；家里别的人，一共有十三个，却是睡的木板，每块板只有三尺长。这是他们待客的情谊。但那个如此仁厚的女子竟当着病人和我

① 伏越山脉在法国东部偏北，介于德、法两国之间。

说："快了，快了，他要死了。"归根结底，这些人的生活太苦了，死亡的预告对他们并不可怕。

波希米人的另一特点是对宗教问题毫不关心；并非因为他们是强者或是怀疑派。他们从来不标榜什么无神论。反之，他们所在地的宗教便是他们的宗教，但换一个国家就换一种宗教。在文化落后的民族，迷信往往是代替宗教情绪的，但对波希米人也毫不相干。利用别人的轻信过日子的人，怎么自己还会迷信呢？可是我注意到西班牙的波希米人最怕接触尸首。他们很少肯为了钱而帮丧家把死人抬往坟墓的。

我说过波希米女人会算命。她们在这方面的确很有本领，但最主要的收入还是卖媚药。她们不但抓着虾蟆的脚，替你羁縻朝三暮四的男人的心，或是用磁石的粉末使不爱你的人爱你；必要时还会用法术请魔鬼来帮忙。去年一个西班牙女人告诉我下面一个故事：有一天她在阿加拉街上走，心事重重，非常悲伤；一个蹲在阶沿上的波希米女人招呼她说："喂，美丽的太太，您的情人把您欺骗了。那是一定的。要不要我替您把他拉回来？"不消说，听的人是欣然接受了，而且一眼之间猜到你心事的人，你怎么会对她不信任呢？在马德里最热闹的一条街上，当然不能兴妖作法；她们便约定了下一天。到时，奚太那说："要把您那不老实的情人拉回来真是太容易了。他可送过您什么手帕、围巾，或是面纱吗？"人家给了她一块包头布，她就说："现在您用暗红丝线在布的一角缝上一块银洋，——另外一角缝半块钱；这儿缝一个角子；那儿缝两个五分的。最后，在布的中央缝上一块金洋，最好是一枚两块钱的。"女太太一一照办了。"现在您把这包头布给我，我要在半夜十二点整送往公墓。倘若您想瞧瞧奇妙的妖法，不妨跟我一块儿去。我包您明天就能看到情人。"临了，波希米女人独自上公墓去了，那太太怕魔鬼，不敢奉陪。至于可怜的弃妇结果是否能收回她的头巾，再见她的情人，我让读者自己去猜了。

波希米人虽则穷苦，虽则令人感到一种敌意，但在不大有知识的人中间受到相当敬重，使他们引以为豪。他们觉得自己在智力方面是个优秀的种族，对招留他们的土著老实不客气表示轻视。伏越山区的一个波希米女人和我说："外江佬蠢得要死，你哄骗他们也不能算本领。有一天，一个乡下女人在街上叫我，我便走进她家里：原来她的炉子冒烟，要我念咒作法。我先要了一大块咸肉，然后念念有词的说了几句罗马尼，意思是：你是笨贼，生来是笨贼，死了也是笨贼……我走到门口，用十足地道的德文告诉她：要你的炉子不冒烟，最可靠的办法是不生火……说完我拔起脚来就跑。"

波希米族的历史至今尚是问题。大家知道他们最早的部落人数不多，十五世纪初时出现于欧洲东部，但说不出从哪儿来的，为什么到欧洲来的。最可怪的是他们在短时期内，在各个相隔甚远的地区之中，居然繁殖得如此神速。便是波希米人自己，对于他们的来源也没保留下什么父老相传的说法。固然，他们多半把埃及当作自己的发源地，但这是一种很古的传说，他们只是随俗附会而已。

多数研究过波希米语的东方语言学者，认为这民族是印度出身。的确，罗马尼的不少字根与文法形式都是从梵文中化出来的，我们不难想象，波希米族在长途流浪的期间采用了很多外国字。罗马尼的各种方言中有大量的希腊文，例如骨头、马蹄铁、钉子这些字。现在的情形几乎是有多少个隔离的波希米部落，就有多少种不同的方言。他们到处对所在地的语言比自己的土语讲得更流利，土语只为了当着外人之面便于自己人交谈而讲的。德国的波希米人与西班牙的波希米人已经几百年没有往来，以双方的土语比较，仍可发现许多相同的字；但原来的土语，到处都被比较高级的外国语变质了，只是变质的程度不同而已。因为这些民族不得不用所在地的方言。一方面是德文，一方面是西班牙文，把罗马尼的本质大大地改变了，所以黑森林区[①] 的波希米人与安达鲁齐的同胞已经无法交谈，虽然他们只要听几句话，就能知道彼此的土语同出一源。有些极常用的字，我认为在各种土语中都相同，例如在任何地方的波希米字汇中都能找到的：巴尼（水）、芒罗（面包）、玛斯（肉）、隆（盐）。

数目字几乎是到处一样的。我觉得德国的波希米语比西班牙的纯粹得多，因为前者保留不少原始文法的形式，不像奚太诺采用加斯蒂[②] 语的文法形式。但有几个例外的字仍足以证明两种方言的同源[③]。

---

① 黑森林为德国南部山脉，以多森林著称。

② 加斯蒂为西班牙中部地区的旧行省名。

③ 以下尚有原文十余行，均讨论波希米语动词的语尾变化，叙述每字末尾几个字母的不同，纯属语言学和文法学的范围，对不谙拉丁语系文字之读者尤为沉闷费解，且须直书西文原文，故略去不译。

　　既然我在此炫耀我关于罗马尼的微薄的知识，不妨再举出几个法国土语中的字，为我们的窃贼向波希米人学来的。《巴黎的神秘》①告诉我们，刀子叫作旭冷（chourin），这是纯粹的罗马尼。所有罗马尼的方言都把刀叫作旭利（tchouri）。维杜克②把马叫作格兰（grès）也是波希米语：gras，gre，graste，gris。还有巴黎土语把波希米人叫作罗马尼希（romanichel），是从波希米语的罗马南·察佛（rommané tchave）一字变化出来的。可是我自己很得意的，是找出了弗里摩斯（frimousse）一字的字源，意义是神色、脸，那是所有的小学生，至少我小时候的同伴都用的切口。乌打于一六四〇年份编的字典就有飞尔里摩斯（firlimouse）一字。而罗马尼中的飞尔拉、飞拉（firla，fila）便是脸孔的意思；摩伊（mui）也是一个同义字，等于拉丁文中的奥斯（os）与摩索斯（musus）都可作脸孔解。把飞尔拉（firla）和摩伊（mui）连在一起，变成飞尔拉摩伊（firlamui），在一个波希

---

① 今译《巴黎的秘密》，为法国十九世纪欧仁·苏所作的小说，内容很多关于下流社会及盗贼的描写。

② 维杜克（1775—1857）为法国有名的冒险家，行窃拐骗，无所不为，入狱越狱，不止一次；后充任巴黎警察厅的侦缉队队长，卒仍以犯案而去职。

米修辞学者是极容易了解的，而我认为这种混合的办法与波希米语的本质也相符。

对于《卡门》的读者，我这点儿罗马尼学问也夸耀得很够了。让我用一句非常恰当的波希米俗语作结束罢，那叫作：嘴巴闭得紧，苍蝇飞不进。

西班牙来信 [①]

致《巴黎杂志》(*Revue de Paris*)社长

吴蓁蓁 译

［瑞士］莫里斯·巴罗 绘

[①] 《西班牙来信》是梅里美一八三〇年在西班牙游历期间写给《巴黎杂志》社长的四个故事，这场游历对梅里美后续创作《卡门》有直接而重大的影响。《卡门》小说中的人物、事件等均可在《西班牙来信》中找到原型。故将《卡门》和《西班牙来信》汇编在一起，以期让读者更加了解《卡门》这部著作。——编者注

第一封信

斗牛

1830 年 10 月 25 日，马德里

先生：

斗牛在西班牙仍旧非常流行。在上流社会中，很多人会因偏爱这项极其残忍的娱乐方式感到羞耻，所以他们总想找出各种各样严肃的理由来辩解。首先，这是一项国民运动。"国民"二字本身就足够了，因为上流社会的爱国主义在西班牙和法国一样强烈。此外，他们声称，罗马人喜欢让人与人相斗的爱好才更野蛮残暴。最后，经济学家补充道，农业将会从这一风俗中获利：斗牛的高昂价格使得地主们愿意大量养殖牛群。毕竟，我们知道不是所有的牛都具备攻击人或马匹的能力；每二十头牛里才能出一头稀有的能够在竞技台

登场的英勇斗牛，剩余的十九头则会用于农耕。还有无人敢提出的一点，同时也是无法辩驳的一点：无论残忍与否，激动人心的表演场面都会煽动起许多强烈的情绪，就像如果一个人可以承受第一次参与降神会的震惊，那他就会深陷其中。第一次来到竞技场的外国旅人，夹杂着些许害怕和必须认真完成旅行任务的心情来观赏，很快就会和西班牙人一样，对斗牛表演产生巨大的热情。我们必须承认人的劣根性，就像如果有机会从安全的距离去观看战争，尽管我们充满恐惧，但依旧认为其有着致命的魅力。

圣·奥古斯丁①描述他年轻的时候，对于角斗表演是极为厌恶的，也从未观赏过。就算被友人强行拉去陪他看了一场浮夸的"屠杀盛筵"，他也发誓将闭上双眼直到结束。刚开始，他还能好好遵守誓言，迫使自己努力思考别的事情。可是当现场的观众为一名久负盛誉的角斗士的落败而惊呼时，他也忍不住睁开了双眼——睁开之后，就未再合上。从那以后，直到信仰转变，他一直都是这些表演最为热情的拥

---

① 圣·奥古斯丁：古罗马帝国时期天主教思想家、哲学家。

翌之一。

在如此伟大的先贤之后，我羞于引证自己。然而你也知道，我不是个嗜血的人。第一次在马德里竞技场就座时，我担心自己无法支撑到鲜血肆意横流的场面出现。我尤其不信任的感性，也许会使我在那些硬心肠的斗牛迷面前显得可笑，他们将包厢里的好位置留给了我。结果这种事并未发生。当第一头牛出现并被杀死的时候，我没再想过离开。两个小时过去了，即便没有任何中场休息，我也不觉得疲倦。从未有任何悲剧能让我的兴致持续到这种程度。在西班牙逗留期间，我没有错过任何一场斗牛比赛。我也羞愧地承认，比起看到公牛的牛角只是被护甲折磨[1]，我更偏爱殊死一搏：两者之间的区别就像举行生死决战和用钝长矛比赛一样。后者对人们来说几乎没有危险，不然的话这两种运动倒是颇为相似。

庆典在前一晚开始。为了防止发生意外，公牛会在夜里被赶进牛圈，比赛之前的白天，它们被带到距离马德里不远

---

[1] 斗牛士出场前，先由骑马带甲的长矛手用矛头刺扎公牛的颈部，牛会攻击马匹，要用一种内有衬料的护甲裹住并保护马匹的腹部。

的地方放牧。它们通常是从很远的地方被带过来，供人们远远地观赏。

大量的马车、车夫和行人一起浩浩荡荡地出发去干枯的溪谷。在这样热闹的场合，许多年轻人换上了优雅的安达鲁齐玛约①风格的服饰，展现出一种与我们传统朴素的着装截然不同的富丽堂皇。

然而，这种游览并非没有风险。牛群是自由活动的，赶牛的人很难让它们听话。所以好奇的人群必须留神四周，同时也要当心尖锐的牛角。

在西班牙，几乎所有伟大的城市都有自己的广场。这类大型建筑虽不能说粗糙，但确实是比较容易被建造出来的。一般来说，它们只是大型的木结构建筑，而全部由沙质石块建成的龙达②圆形剧场则被人们视为奇迹。它是西班牙最美

---

① 玛约：西班牙下层的花花公子。——原注（译者按：玛约是在西班牙十八世纪末到十九世纪早期社会上兴起的一个文化群体，通常是生活在马德里社会中下层的青年男女。受到启蒙运动的影响，他们普遍喜爱色彩鲜亮的传统服饰、有趣的谈吐和不羁的行为。其中，玛约指的是男子，女子则被称为玛哈。）

② 龙达：位于西班牙安达鲁齐腹地的一座小城，它诞生于罗马帝国时代，是斗牛的发源地，有西班牙历史最悠久的斗牛场及博物馆。

的广场，正如森特－登－脱龙克宫堡[1]是威斯发里最美的一样，毕竟它们同样都有一扇门、几扇窗。其实只要比赛够精彩，剧场的装饰又有什么要紧呢？

马德里竞技场能容纳约七千名观众，大批的人会依次有序地从入口处进入。观众大多坐在石质或木质长椅上，有些包厢会安排座椅，只有教皇陛下的包厢是被精心布置过的。

竞技场的内场周围被高约五点五英尺的坚固围栏环绕，一路走来，围栏的两边全是离地约两英尺高的木头壁架：一种可以帮助斗牛士们轻松翻越围栏的脚踏板。圆形剧场第一排的座位和围栏一样高，一条狭窄的环形通道将两者隔开。不仅如此，座位前面还有一根用结实的木棍撑起的双绳。采用这样的防护措施要追溯到几年前，有一头牛不仅越过了围栏（当然这时常会发生），还冲入了观众席。许多人受伤，更有甚者因此丧命。所以希望用这种拉绳防止悲剧再现。

场内开了四扇门。一扇通向牛栏，另一扇通向屠宰场，

---

[1] 森特－登－脱龙克宫堡是在法国启蒙思想家伏尔泰的小说《老实人》中虚构的威斯发里地区，有财有势的森特－登－脱龙克男爵拥有的宫堡，此处遵从傅雷先生的译文。

战败的斗牛会在那里被剥皮和肢解，剩余的两扇门则是为即将在这出斗牛悲剧中登场的人类演员准备的。

在斗牛仪式开始不久前，斗牛士会聚集在毗邻内场的房间里。马厩也在附近，再往里走有一个医务室，那里有一位外科医生和随侍的神父来治疗伤者。

作为等候区的房间内挂着一幅彩绘圣母像作装饰，画像前烛光点点。画像的下方有一个小桌子，桌子上有一个烧着煤块的小火炉。每位斗牛士一进房间，首先会面向圣母像脱帽，匆匆低声说几句祷告词，接着就从口袋里掏出雪茄，凑着小火盆点燃了。他们一边吞云吐雾，一边和自己的队友及业余爱好者们在赛前讨论公牛们的优劣。

这时，那些预备好在马背上展开一场交锋的长矛手们正在内院试训他们的马匹。他们驭马飞驰，直奔墙面，在马儿想要避开的时候用一根长杆而非长矛，紧紧地抵住墙面，尽可能地接近墙面，让他们的坐骑不断地急速旋转。过不了多久你就会发现这种训练是值得的。他们用低价买下拉货车的马匹，马的双眼被蒙上，耳朵也被塞了潮湿的棉花球，这样可以预防它们在进入内场之前被人群的喧闹声和其他公牛的眼神吓到。

整个竞技场呈现出一种非常热烈的氛围。在比赛开始前，圆形剧场内座无虚席，每层长椅和包厢都人头攒动。剧场内的座位分为阴阳两面，最昂贵和舒适的座位在阴面，阳面通常会被那些斗牛迷们占据。场内的男性观众要比女性多，后者大多来自女工群体。有些衣着高雅的女士也会出现在包厢里，但她们中几乎没有年轻人①。近来许多英法小说入侵了西班牙，很多人失去了对传统文化习俗的尊重②。我本不相信教会人士会被禁止在这些重大场合出现，但我确实只在塞维尔亲眼见到过一次穿着教士服饰的人。听说他们中的许多人会乔装打扮前来观看。

随着斗牛赛总裁判的一声令下，一位骑马执行官和他的两位打扮得像克里斯平③的下属骑行步入，身后跟着一支骑兵分队，他们清空了比赛内场以及它与座位之间的狭窄通道。随着这批人的退场，一位传令官在一位公证人与另一位

---

① 这与今天（编者按：此为作者加注的时间一八四二年）的情况恰恰相反。——原注
② 这里对应了前文提到的玛约，当时的西班牙上流社会受到法国文化很大的影响，处于社会中下层的年轻人更想要追求传统文化。
③ 克里斯平和克里斯皮尼安是基督徒的守护神，他们是皮匠和皮革工人。

长官的护送下步入场中央，宣读一份禁令①，内容是禁止观众向场内投掷任何物品或大声喊叫、比手势分散斗牛士的注意力等。传令官甫一登场，说道："以国王的名义，我们的主，上帝保佑他……"场内观众无不嗤之以鼻，发出嘘声和口哨声。宣读了多久，持续的时间就有多长，并且，这是一个从未被观众遵守过的规则。在斗牛圈，人民是自己的主人，他们可以畅所欲言，也可以随心所欲做自己爱做的事。

这里主要有两种类别的斗牛士：一种叫作长矛手，他们手执长矛骑在马上。还有一种叫作步行斗牛士，他们会挥舞颜色鲜艳的披风引逗公牛发起冲击。后者也包括短标枪手②和剑杀手，剑杀手也被称为主斗牛士，我后面会讲到他。他们所有人都身着安达鲁齐风格的服饰，大约是费加罗在《塞维尔的理发师》③里那种。不过长矛手穿的可不是普通马裤和丝质长裤，而是用木头和铸铁加固过的厚重皮裤，这样可

---

① 自重新修订宪法以来，禁令中的"国王，我们的主"不再被宣读。——原注
② 斗牛场上手拿红披风协助剑杀手的斗牛士，他们会按照剑杀手的命令，将短标枪插到牛身上。
③ 《塞维尔的理发师》是以法国作家、戏剧家博马舍的同名讽刺戏剧为蓝本的喜歌剧，费加罗是剧中机智、正直的理发师，同时也是博马舍同名喜剧改编的续篇《费加罗的婚礼》的主角。

以保护他们的下肢不会被尖锐的牛角刺伤。步行时，他们双腿分开，像罗盘里的指针一样，如果被甩飞出去，必须在斗牛士助手的帮助下才能站起来。他们的马鞍非常高，是摩尔式的，挂在马鞍两旁的铁马镫更像是完全包裹住双脚的木底鞋[①]。他们还用两英寸的马刺[②]来驾驭马匹。他们的长矛粗壮坚硬，矛头是锋利的铁尖，为使斗牛比赛的乐趣得以延续，铁尖上缠着保护绳，这样大约只有一英寸可以被扎进牛的身体里。

这时，一位长官用他的帽子兜住了总裁判扔给他的钥匙。这把钥匙不能打开任何东西，尽管如此他还是把它拿给了要打开牛栏的人，然后飞快地跑了出去。而观众却向他大喊，公牛已经跑出来追他啦！这个玩笑在每场比赛都会重复。

同时，长矛手已经就位。通常有两位在内场，两到三位等在场外，预备在意外发生的时候作为替补上场，例如死亡、受重伤等意外。还有十几个步行的下等斗牛士零散地分

①　来自法国或比利时或意大利等周边国家的木底鞋，是一种裹住全脚的木质厚底鞋。
②　马刺是一种较短的尖状物或者带刺的轮，连在骑马者的靴后跟上，用来刺激马快跑。

布在场内准备随时进行综合支援①。

公牛已经预先在牛栏里受了些刺激，狂怒着冲了出来。通常它一溜烟就会跑到场地中央，然后在那儿停下，它被充斥进耳中的声音和周围的景象惊呆了。它的脖子上挂着一个丝带打成的结，结被挂钩钩在皮里。丝带的颜色代表着它是来自哪个畜群，但是一个经验丰富的业余爱好者，不用看就知道公牛属于哪个省和哪个品种。

附近的斗牛士助手挥舞着鲜艳的斗篷，试图把公牛引向其中一位长矛手。如果是一头勇敢的公牛，它会毫不犹豫地攻击对手。长矛手用手臂夹住长矛，双腿夹紧马匹，蓄势待发直面眼前的公牛，在公牛低头的一瞬间找准机会用矛头一击刺穿牛的颈部，不是别的部位，就是颈部，因为那里承担了公牛整个身体的重量。同时他驾着马匹移到左侧，以便把公牛留在右侧。如果所有动作都能不错地执行完毕，如果长矛手足够矫健，他的马儿也足够灵敏，那么公牛会因为自身

① 有一天我见到一位马上的长矛手被掀翻在地，如果他的同伴没有为了救他奋力用长矛击打公牛的鼻子，把公牛挡住，那位长矛手恐怕会被杀死。这种情况情有可原。不过我还是听到一些年长的热心观众大声喊道："真丢人！竟然攻击鼻子！他应该被逐出竞技圈！"——原注

的冲力横冲直撞却无法碰到他。然后，斗牛士助手就得负责分散公牛的注意力，直到长矛手有时间离开场地，但是往往这些动物也非常清楚地知道谁是真正的袭击者。公牛蛮横地左冲右突，趁马匹慌乱时竖起牛角直冲其腹部，同时掀翻马和长矛手。后者会及时被斗牛士助手解救，有的人把他抱起来，有的人在公牛眼前挥舞手中的斗篷将它们引向自己，然后以惊人的灵敏度越过防护栏，才能逃脱。西班牙公牛可以跑得像马一样快，如果斗牛士距离防护栏很远，他几乎没法摸到栏边。所以，长矛手的性命必须依靠斗牛士助手的敏捷程度；他们不太会冒险进入场中央，如果有人这样做了，他便是一位胆识非凡之人。

长矛手再次站了起来，如果他能把马牵起来，就会重新骑上马。尽管这匹可怜的牲畜可能会大量失血，尽管它的内脏会被拖到地上缠绕着自己的双腿，只要它能站起来，就必须面对公牛。当它真正倒下不动的时候，长矛手会离开竞技场，立即换上新的坐骑回来。

我说过长矛只会造成一些皮肉伤，以及激怒公牛。尽管如此，马匹和长矛手的冲击、公牛自身力气的消耗，尤其是在它肩胛骨位置突然造成的伤害会使其相当迅速地感到疲惫，伤口的疼痛也会加速消耗它的体力。最后，它再也不敢攻击马匹了，或者用术语说，他拒绝被"进入"。到了这个时候，这头勇敢的公牛已经杀死了四到五匹马。长矛手退场休息，这是短标枪手准备上场的信号。

　　短标枪手拿着大约两英尺半长的木质镖枪，上面饰以条状的纸，前端有锋利的倒钩，利钩会扎进牛的伤口。他们手里都拿着一支这样的镖枪。最有效的攻击方式是短标枪手们轻轻地靠近牛背后，猛地一下做出攻击的姿势。受惊的公牛在突袭之下会转身攻击，在它低头攻击之际，一位短标枪手立刻迅捷地在牛的脖颈两边刺入标枪。机会只有一瞬间，就在公牛停留在正前方的一瞬间，他几乎得停在两只牛角中间，然后迅速滑到另一边，这样才能越过牛身滑到安全的地方。有时一个分心，一个犹豫或恐惧的瞬间，这个人就会迷失方向。不过在行家眼里，这已经是最不危险的角色了，如果这个人不幸在插标枪时滑倒了，那他一定不能试着站起来，而是得一动不动地躺在原地。因为公牛基本不会用角戳伤躺在地上的人，倒不是因为仁慈，而是公牛在冲锋的时候会闭上眼睛越过这个人的身体，根本看不见他。不过有时，公牛也会停下来嗅嗅气味确保他已经死了，然后将其向后拖行几步，低头折腾他。不过此时，其他短标枪手也会聚集起来分散牛的注意力，直到它放弃那具所谓的"尸体"。

　　如果一头胆怯的公牛无法承受规定的四次长矛攻击，那么观众和主裁判会用鼓掌喝彩的方式对它进行折磨，这同时也是一种惩罚和激怒它的方式。观众席从四面八方传来"火！火！"的呼喊声，然后，不同于以往的装备，标枪手们会拿到一种带着火药的镖枪①，镖枪顶部有一片被点燃的火绒②。当它接触牛的身体时，恰好火绒也引燃了导火索，炸药朝着牛的方向爆炸，迅速将它烧了起来。这头暴躁地跳上跳下的公牛大大地取悦了观众。事实上，这是一个令人赞叹的景象：这头庞然大物愤怒地口吐白沫，摇晃着燃烧着的木棍，在火光与烟雾里不断翻腾。不管那些诗人先生们怎么说，我必须得说，在我观察过的所有动物中，公牛的眼睛有着最丰富的

① 有时，在一些庄重的场合，镖枪的木杆被一个长长的丝网包裹着，里面有活着的小鸟。这里面有个小窍门，将它靠近公牛的脖颈处，剪断丝网的绳结，鸟儿会飞出来在牛的耳边乱舞。——原注
② 火绒：一种野生"火草"背面的绒棉，干燥易燃。

感情，或者应该说，它的表情变化比较少，几乎只有残忍或野蛮的蠢直。它很少会用呻吟来表达自己的痛苦，纵使伤口使其愤怒或害怕，它也似乎从未想到过自己的悲惨命运，更不像牡鹿那样悲泣。因此，只有当公牛的勇气真正值得被赞颂，它才会引起人们的同情。

当三对或四对镖枪被插进公牛的脖颈，命运交响曲也奏到了终章。一阵鼓声响起，主斗牛士旋即登场，他从队列中昂首起立，身着金衣绸缎，一手执长剑，一手拿着固定在木棍上便于操纵的猩红斗篷，这就是穆莱塔①。他走到总裁判的包厢下面停住，深深地低头鞠躬，请求允许刺杀公牛。通常这一礼节在整场表演赛中只会发生一次。当然总裁判也会点头致意批准，主斗牛士高呼"万岁"，脚尖回转，将帽子扔在地上，上前迎接他的对手——场上的公牛。

如同（贵族间的）决斗，主斗牛士同公牛之间的搏斗也一样有具体的规则，违反规则就好比背信弃义杀死对手，斗牛士本人亦会声名狼藉。例如，主斗牛士只能用利剑刺入牛

---

① 穆莱塔：西班牙斗牛士的装备之一，一块红色布料。但通常一面是红色的，一面是黄色的（有时也有正反面都是红色的），与西班牙国旗的颜色一致。

颈部与背部的连接处，西班牙人称这个部位为"十字交叉"部位。刺杀顺序必须从上至下，就像我们通常说的"第二顺位"，绝不能从下至上。他们就算在比赛中丧命，也比在下方、侧方或牛背后乱刺一气好上千百倍。主斗牛士的利剑长而有力，而且是双刃的，剑柄很短，末端呈半圆形，可以将手伸入其中压住剑柄，使用此剑需要长期的经验和特殊的技巧。

要想成功地刺杀一头公牛，主斗牛士必须能够彻底地摸清牛的秉性，凭借这种技能，他们不仅能获得荣耀，而且能保全性命。正如人们所想象的那样，百人百性，公牛的个性也不尽相同。不过它们可以被分成截然不同的两个群体，"清楚的"和"隐蔽的"——这是竞技场上的术语。"清楚的"公牛会直截了当地攻击，但是那些"隐蔽的"公牛，从另一方面说，实则是狡猾的，它们会想方设法让主斗牛士违反规则。后者可以说是极端危险的对手。

在尝试攻击前，主斗牛士会晃动穆莱塔，激怒公牛，并且聚精会神地观察，是应该迎牛而上，还是悄悄地靠近公牛，先占领有利阵地，在对手由于距离过近而无法避开锋芒时再伺机而动。所以常常能看到公牛凶狠地摇晃脑袋，四蹄刨地不愿上前，甚至是慢慢退后，试图将斗牛士引入距离围栏较远的竞技场中心使其无法逃脱。还有一些公牛，它们不会直线攻击，而是侧身贴近，佯装精疲力竭的样子，再算准距离，直直扑向斗牛士。

在那些了解斗牛艺术的人眼里，这是一个有趣的现象：主斗牛士和公牛的博弈，就像两位弓马娴熟的将军通过时刻推演对方的计划来调整自己的战术。对于一个经验丰富的主斗牛士来说，公牛的一个摆头、一个斜看、一个垂耳，都是明显的行动信号。最后，失去耐心的公牛会猛地冲向藏身在红布后的斗牛士，它的牛角足以撞倒一堵墙。但斗牛士轻轻一个移动就闪到了一边，像被施了魔法似的消失不见了。他无视公牛的怒火，在它的头顶掠过一块轻薄的红布。公牛自身的冲力使它远远超过了对手，接着一个急停，公牛收紧了僵直的双腿，这些急速又剧烈的反应使其异常疲劳，如果战斗继续这样进行下去，公牛就会被刺死。因此，著名的斗牛大师罗梅罗说过，一个好的斗牛士应该刺七下就能杀死八头公牛，第八头公牛应该因愤怒和疲惫而死。

经过了几个回合的较量，我们的主斗牛士已经彻底了解
了自己的对手，并准备给对方最后一击。他站得很稳，不动
声色地与公牛保持适当的距离，右手持剑，高举右肘至头
顶，左手放低穆莱塔，几乎紧贴地面，诱使公牛低垂头颅。
这时，主斗牛士运用全部力量在公牛的两肩之间致命一击。
如果这一击的方向准确，他就不再害怕了：因为公牛会猛然
停住，几乎没有鲜血流出。公牛抬起头来，双腿打颤，最后
轰然倒地。刹时，竞技场上响起了震耳欲聋的欢呼声，人们
大喊着"万岁！"，女士们挥舞着手帕，玛约将他们的帽子
飞得到处都是，旗开得胜的英雄谦虚地向四面八方抛出飞吻。

之前人们说，如果一击即中，便无须多次刺杀，但是一
切都在倒退，现在几乎看不到公牛在第一击之后就倒下。但
如果公牛看起来受了致命伤，主斗牛士也不会重复刺杀，他
会在斗牛士助手的帮助下让公牛不断地来回转圈，用斗篷折
磨它，直至倒地昏迷。接着斗牛士助手上前将匕首扎入牛颈，
这头牛就会立马断气。

我们可以观察到几乎所有的公牛都会回到斗牛场的一个
地方，就是公牛的安全地，叫"querencia"，通常这也是它

们进入内场的大门入口。

如果一头公牛受了致命的剑伤，甚至剑柄都还插在它的肩膀上，它会步履缓慢地穿过斗牛场，毫不在意在它身边游走的斗牛士和他们鲜亮的服装。它只有一个想法：安详地死去。它会在安全地找到自己喜爱的位置，跪下、躺倒、伸出头颅，等待着刺向它的匕首，然后安静地死去。

如果一头公牛拒绝攻击，主斗牛士就会奔到它的正前方，然后像上述的那样，在它低头的一刹那，将剑从公牛的"十字交叉"部位也就是两肩之间的顶端刺入，这是被称为"estocada de volapié"的奔刺剑击。如果公牛甚至不愿低头，或者继续尝试逃跑，那就必须采取一种非常残忍的做法。场上出现一名男子，手持一根长杆，长杆的末端是一轮新月形的镰刀，被称为"media-luna"，他从背后偷袭，割断公牛的筋腱，等牛一倒下，就用匕首将它杀了。这是比赛中唯一令所有人感到不齿的行为，因为这像一场暗杀。幸运的是，这样的方式几乎已不再使用。

一阵密集的喇叭声宣告了公牛的死亡，随即就有三匹被套上马鞍的骡子跑进内场。人们用一条绳子绑住公牛的牛角，再用一个钩子穿过绳子，最后骡子拉着公牛飞奔而去。仅仅两分钟，公牛和那些马匹的尸体就从斗牛场上消失了。

每场比赛大约持续二十分钟，一个下午大约会有八头公牛被杀死。如果比赛的娱乐性不强，总裁判会在观众的要求下批准一到两场加赛。

职业斗牛士①显而易见是一种非常危险的职业。纵观整个西班牙，平均每年会有两到三名斗牛士死亡。他们中几乎没人能平安终老。就算不死在竞技场上，很快也会因伤而被迫退役。那位著名的佩佩·伊洛就被刺中过二十六次，最后一次差点要了他的命。对他们来说，丰厚的报酬并不是从事这一危险职业的唯一原因，他们亦是为了荣誉和掌声才与死亡共舞。想想，在五六千人面前凯旋是多么令人振奋的事啊！所以，那些出身显赫的斗牛爱好者想要在危险与名誉并存的职业斗牛士的行业里分一杯羹也是很常见的。在塞维尔，我曾见过一位侯爵和一位伯爵以长矛手的名义参与了一场公开比赛。

---

① 职业斗牛士：文中所指的长矛手、短标枪手和剑杀手即主斗牛士，都是职业斗牛士。

观众很难宽容地对待职业斗牛士，他们在赛场上流露的任何一丝胆怯都会招来嘘声和口哨声，铺天盖地的辱骂声从四面八方涌来。有时，为了满足观众的要求——这也是人们愤怒到极点的糟糕标志——一位长官走到斗牛士面前，命令他立即展开攻击，否则会被判处终身监禁。

有一次，演员迈克斯被一位主斗牛士激怒并严厉地斥责他，因其在面对最"隐蔽"也是最狡猾的斗牛时犹豫不决。"迈克斯先生，"那位主斗牛士回敬道，"你还没弄明白吗？这可不像你在舞台上的表演。"

赛场上的喝彩声和想要维持名声的欲望会促使斗牛士们进一步增强比赛的危险性。佩佩·伊洛和紧随其后的罗梅罗都曾经脚戴镣铐面对公牛。这些人在极度危险的情况下依然能保持镇定，简直是不可思议的人类奇迹。最近一个名叫法朗西斯谷·塞维拉的长矛手被一头异常强壮敏捷的安达鲁齐公牛掀翻在地，他的马也被开膛破肚了。这头公牛没有被周围的斗牛士助手们拉住，猛扑到赛维拉身上，踩踏他，一次又一次地勾住他的双腿，当它意识到他的双腿被皮革和铁制的裤子保护得太好了，就转而低头，用一只牛角刺穿了他的胸膛。塞维拉在绝望中孤注一掷地奋力起身，一只手抓住公牛的耳朵，另一只手的手指插入公牛的鼻孔，同时把自己的头紧紧地压在这头暴怒野兽的脑袋下方。公牛只能徒劳地摇晃他，想把他摔在地上，继续踩他，但也无法让他松手。我们眼睁睁看着这场不平等的战斗，心都快跳出嗓子眼了。这是属于英雄的生死挣扎，我们只能暗自期盼它能尽快结束。我们不能叫出声，也不能呼吸，更无法将目光从那可怕的场景上移开：它持续了将近两分钟。但最后，公牛在近距离的搏斗中被这个男人征服，它放弃袭击他，转而追赶旁边的斗牛士助手。每个人都希望塞维拉可以被抬出场外。他还是被扶了起来，几乎站不住了，尽管他穿着厚重的靴子，脚上的护甲也使他行动迟缓，但他还是一把抢过一件斗篷，想把公牛引来。这件斗篷必须被夺走，否则继续战斗他会死的。一匹马被牵到他面前，他纵身一跃，狂怒不已地奔到赛场中央攻击公牛。这两位勇士对抗的力量是如此可怕，双方都跪倒在地。喔，如果你听到了"万岁"的呼喊，如果你看到了狂乱的喜悦，看到了人们因感受到无畏的勇气与幸运女神的眷顾而目眩神迷的样子，你就会像我一样羡慕塞维拉的命运！

在马德里，他是永垂不朽的……

1842 年 06 月　附言

唉，据我所知！法朗西斯谷·塞维拉去年逝世了。他没有死在本应葬身的竞技场上，而是被一种肝脏疾病带走了。他就死在卡拉班切①，在那些我喜爱的美丽树木旁边，远离他一次又一次为之不顾生死的公众。

我最后一次见他是 1840 年在马德里，那勇敢无畏的模样，就像你刚刚读到的那样。我曾不止二十次见他翻滚在尘土里，在那些被开膛破肚的马匹身下。也曾见他折断无数的长矛，然后暗自比较他和那些来自加维拉的可怕公牛之间的力量差距。"如果法朗西斯谷·塞维拉长了角，"他们在斗牛场里说道，"就没有一个斗牛士愿意面对他。"常胜的纪录激发了他难以置信的傲慢。面对一头不害怕他的公牛，都会感到愤愤不平，"难道你不认识我吗？"他会狂怒地大喊。确实，过不了多久，他就会让公牛们明白它们在和谁打交道。

---

① 卡拉班切：西班牙首都马德里的 21 个行政区之一，下辖有 7 个里。

托朋友们的福，我曾有幸与塞维拉共进晚餐。他用餐时就像荷马笔下的英雄，是世上顶好的伙伴。他那安达鲁齐风格的言谈举止，他那令人愉悦的幽默感，以及用方言讲述的生动比喻，让这位天生看起来能毁灭一切的伟大人物别具魅力。

有一位西班牙的女士，在马德里被霍乱席卷后逃去了巴塞罗那。在巴塞罗那，她与塞维拉一同接受安全检查，他很早以前就宣布要去那儿参加比赛。在检查的过程中，他一直保持着有礼有节的风度和细腻周到的关怀。在巴塞罗那的城市入口，那些愚蠢的防疫官员向旅客们宣布了为期十天的隔离，除了塞维拉，因为公共卫生法也愿意为他破例。斗牛士十分有雅量地拒绝了对他如此有利的特权。"如果夫人和我的同伴们不能通过，"他坚决地说，"我也不去斗牛了。"这些官员在害怕传染病和害怕错过一场漂亮的决斗之间，丝毫没有犹豫的空间。他们让步了，这么做是很正确的：因为如果继续坚持的话，蜂拥的民众会把隔离病院与他们一起烧掉。

我对塞维拉的谢幕致以我的赞扬与遗憾，我想我该谈谈另一位荣耀之星了，他正以无人可比之姿统治着这片竞技场。在西班牙发生的事在法国是鲜为人知的，所以在比利牛斯山的这一边，可能还有人并未知晓蒙特斯的大名。

像那些声名远扬的斗牛士佩佩·伊洛和巴勃罗·罗梅罗，我不知道他们是实至名归还是徒有虚名，但蒙特斯每周一都会在今天被人们称为"国家竞技场"的赛场上向我们好好展示一番。勇气、优雅、沉着冷静的姿态，出神入化的技巧，无一不在他身上体现得淋漓尽致。他的出现感染了场上所有的同伴和观众，每个人都充满了活力。不再有糟糕的斗牛，不再有胆怯的斗牛士助手，所有的存在都在超越他们自身。在蒙特斯的带领下，那些略带迟疑的斗牛士都能成为英雄，因为他们知道只要他在，就不会有危险。他的一个指令就足以让最狂怒的动物转到另一边，将一位长矛手击倒在地。当他在斗牛时，那柄新月形镰刀绝不会现身。"清楚的"或"隐蔽的"，每头牛都是一样的，他迷惑它们，他调教它们，他想何时杀就何时杀，想怎么杀就怎么杀。他是第一位让我瞧见 gallear el toro（斗牛中的霸道）的主斗牛士：这就是说，他转身背对那头疯狂的动物，让它从自己的臂弯下穿过。就算公牛向他直冲过来，他亦不会屈尊扭头。有时，他会将红色的斗篷披在肩上，在愤怒的公牛紧追不舍下从容地穿过内场。公牛徒劳地追赶着，无论距离多近，每次冲击之后，它的角都只能轻轻掀开这位斗牛士的斗篷下摆。这便是蒙特斯能激发出的自信，观众们会全然忘记危险：他们的心中只有一股浓浓的敬佩之情。

人们认为蒙特斯的观点与目前主流的政治倾向相悖。据说他是一位自愿的保皇派，并且是"一只螃蟹"，也就是西班牙语里的 congrejo，换句话说他是位温和守旧的人士。虽然诚心的爱国人士会因此感到痛苦，可他们仍无法摆脱对蒙特斯的狂热之情。我曾见过一些衣衫褴褛的劳动人民疯狂地将自己的帽子扔给他，企盼他能戴上一小会儿：这是十六世纪的习俗。布朗托姆就在某处说过："我知道有不少贵族在穿上丝质长裤前，会祈求他们爱慕的女士或情人先于自己十天八天穿上，然后才会带着全身心极大的满足和尊崇穿上那些丝袜。"

蒙特斯是一位具有绅士风度的人。他生活体面，并将自己的全部奉献给他的家庭，用他的才能确保了家人殷实的生活。他的贵族风度使某些本就嫉妒他的斗牛士更不悦了。我记得当我们邀请塞维拉时，蒙特斯拒绝和我们共进晚餐。在这种情况下，塞维拉以他一贯的坦率向我们表达了对蒙特斯的看法："蒙特斯简直不是真实存在的人，他是一个很好的伙伴，一个优秀的斗牛士，他是……"这里的意思就是他在竞技场外穿得像个修道士，从不在夜晚出门，举止太过得体了。

塞维拉是斗牛场上的马略[①]，蒙特斯是斗牛场上的恺撒[②]。

[①] 马略（公元前一五七年—公元前八十六年）：即盖乌斯·马略，他曾经对罗马军队进行军事改革，是古罗马共和国的将军和政治家，在他的政治生涯中曾经七次当过罗马执政官。

[②] 恺撒（公元前一〇〇年—公元前四十四年）：史称恺撒大帝，罗马共和国末期杰出的军事统帅、政治家，并且以其优越的才能成为了罗马帝国的奠基者。恺撒是马略的亲属与继承人。

第二封信

处决

1830 年 11 月 15 日，巴伦西亚

先生：

我已经向你描述了一场斗牛比赛，根据木偶戏那令人敬佩的规则，"总是愈来愈糟"，我只能用一场处决来取悦你了。我已经亲历过一场了，如果你有勇气读下去的话，我可以给你讲一讲。

首先我必须解释一下缘何会参加一场处决。在他乡，因为害怕由于一时的懒惰或厌恶而被一些奇特的异国风俗欺骗，我认为人们有必要亲眼看看一切事情。而且，那个即将被绞死的不幸男人的故事也引起了我的兴趣。我总想着看看他的脸，我也很乐于挑战一下自己的神经。

这是那个要上绞刑台的男人的故事（我选择不去问他的

名字）。他是来自巴伦西亚 ① 周边地区的乡下人，他的鲁莽令人害怕，他的胆量令人敬佩。他是村子里的头号人物。跳舞没人比他跳得更好，扔棒子没人比他扔得更远，也没人比他知道更多的古老爱情故事。他并非爱好争论的人，但是众所周知，只要一点火星子就能使他的热血沸腾起来。当他带着自己的卡宾枪 ② 陪着旅客时，就算他们的行囊里满满都是达布隆 ③，也没有一个强盗胆敢攻击他们。当这个年轻的男子肩上披着天鹅绒的背心，大摇大摆地走在路上，一副高高在上的样子，倒也是赏心悦目的。总而言之，他是一位字面意义上的玛约，玛约是来自社会中下层穿着亮丽的男子，也是会对某一种荣誉过分挑剔的人。

卡斯蒂利亚 ④ 人有一句关于巴伦西亚人的谚语，在我看来，也不尽然。他们说："在巴伦西亚，肉是草，草是水，

---

① 巴伦西亚：位于西班牙东南部，东濒大海，背靠广阔的平原，四季常青，气候宜人，被誉为"地中海西岸的一颗明珠"。它曾是西班牙王国管辖的巴伦西亚王国，现在是巴伦西亚自治区和巴伦西亚省的首府和省会，也是西班牙第三大城市。

② 卡宾枪：即马枪、骑枪，它是枪管比普通步枪短、子弹初速略低、射程略近的较轻便的步枪。

③ 达布隆：一种西班牙金币。

④ 卡斯蒂利亚：西班牙历史地名，也是西班牙历史上的一个王国——卡斯蒂利亚王国，位于西班牙中西部，约占西班牙领土面积的四分之一。

男人是女人，女人什么都不是。"我可以作证，巴伦西亚人的厨艺高超，女人非常漂亮，皮肤比西班牙其他任何一个王国的都要白。你可以试想一下男人是什么样的。

这位玛约想要去看一场斗牛比赛，但他的腰包里没有一个雷亚尔①。他指望他的一个朋友——一位那天当值的皇家志愿兵，会让他进去。但事实上绝无可能，这位士兵是不会通融的尽忠职守之人。这位玛约坚持要进，志愿兵也坚决拒绝，双方开始恶语相向。最后，志愿兵粗鲁地将他向后一推，用步枪枪托朝他的肚子来了一下。这位玛约妥协了，但是如果有人注意到他苍白的脸色、紧紧攥住的拳头，看到他鼻孔微张和他眼神里的内容，就能感觉到一些不好的事就要发生了。

十五天以后，这位有些冷酷的志愿兵被派去与一支分队一起抓捕一些走私犯。他在一家偏僻的客栈里投宿。那天夜里，他听见一个声音在叫他："开门，有一封你妻子捎来的信。"志愿兵半裸着就下楼了。他刚打开门，就被一发火枪

---

① 一种西班牙银元，西班牙在南美殖民地制造"双柱"银元，流通时间较早，几乎遍布全世界，明万历年间流入中国。

射中，火枪把他的衣服烧了个洞，胸前留下了十几发子弹。凶手消失了。是谁干的呢？没人可以想象。当然不会是这位玛约下的手，因为有一打既虔诚又是保皇派的女士们愿意以圣人的名义，亲吻自己的手指起誓，她们在各自的村庄里都有见到过他，具体可以精确到犯罪发生前的一个小时、一分钟。

而这位玛约出现在公开场合时神色平静，就像一个刚刚解决完一些麻烦事的人。就像在巴黎，当一个人勇敢地折断了某个无礼之徒的胳膊，在决斗后的夜晚去托尔托尼咖啡馆① 休息。请顺便注意，在这里，暗杀就是穷人之间的决斗：他们的决斗要比我们的严肃的多，因为这会涉及两条人命。而在一个治安良好的社会，男人们通常会被抓伤而非被杀死。

一切都很顺利，直到某一位执行官，带着对本案超常的热情（据一些人说，因为他对自己的职务不太熟悉，也有另一些人说，因为他爱上了一位更加倾心于这位玛约的女士），

---

① 十九世纪巴黎意大利大道上的咖啡馆，年轻人常聚集在一起买酒、糕点和冰淇淋。

决定逮捕这位迷人的老兄。只要这位执行官不做更多的威胁，他的对手也只是嘲笑他，但是当他最后试图下手时，这位玛约让他吞下了牛舌，当地的说法就是下刀子的意思。难道这样的自卫是造成警察队伍空缺的理由吗？

执行官在西班牙是备受尊重的，就像英格兰的治安官一样。向他们施暴是会被施以绞刑的。因此，这位玛约被逮捕起来，投进监狱。经过漫长的审判期之后被审判和定罪，因为这里的司法程序甚至比我们国家的还要慢。

只要有一点善意，你就会和我一样，觉得这个男人不至于落到如此境地，觉得他是命运的牺牲品。而这些法官，在他们的良心不会受到沉重谴责的情况下，本可以将他还给社会，这位玛约一定会成为给社会增光添彩之人（用律师的风格来进行辩护）。但是法官们很少沉溺于这些诗意又崇高的考虑，他们一致判处他死刑。

有天夜里，我碰巧经过集市，看见几个工人举着火把聚集在一起，把一个奇异的托梁组合架起来，形成了一个"II"的形状。一圈士兵把工人们围起来以挡住周围好奇的人群。原因如下：因为这个绞刑架（它当时是绞刑架），是靠强制劳动建造起来的，被应征的工人们不能拒绝，不然就会被扣上造反的罪名。作为一种补偿，当局会保护他们的工作，毕竟在公众眼里这是极不光彩的一件事，会或多或少地让他们秘密地进行工作。出于这个目的，士兵会将他们团团围住，和围观的人群保持一定距离，并让他们在夜里工作。因此，人们几乎不会认出他们来，他们也不会有被人叫作绞刑架木工的风险。

在巴伦西亚，有一座被当成监狱的古老的哥特式塔楼。从建筑的角度来说，它是相当不错的，特别是它还正对着河流。它位于城市的远端，作为通向城市的主要大门之一。它被称为赛拉诺斯之门。在顶端的平台可以看到高达奎弗河的航道，有五座桥横跨河面，四周环绕着巴伦西亚的城墙和炊烟袅袅的村落。若是被关在四堵围墙之间，眺望田野也是一种相当悲伤的快乐，但这仍然是一种快乐，犯人们肯定对准许他们爬上平台的狱卒们心怀感激。对这些囚犯来说，最微小的快乐也是弥足珍贵的。

从监狱里出来，被判刑的囚犯要骑上一头驴，穿过拥挤的街道抵达集市，然后离开这个世界。

后来，在一位西班牙朋友非常友好的陪同下，我在赛拉诺斯门前就座了。我原以为一大早就会有一大群人聚集，但我错了。工匠们在他们的店铺里平静地工作，农民们卖完他们的蔬菜，准备离开城里。没有任何迹象表明会有什么不寻常的事发生，要不是有十来个龙骑兵出现在监狱门口。我认为，巴伦西亚人对于处决场景的漠不关心必然不能归咎于过于敏感。我也不知道是否要同意我的向导的看法，就是他们看得太多了，这件事已经失去了它的魅力。也许他们的冷漠只是因为他们是如此勤劳的人。那份对工作和金钱的热爱使他们超凡脱俗，不仅在西班牙民族中如此，在整个欧洲民族中也是如此。

十一点的时候，监狱大门打开了，立即出现了一支队伍相当庞大的方济各会修士队伍。在队伍的前端，一位忏悔者抬着一座大大的十字苦像[①]，两名随侍护送着他，每个人都提着一盏灯，灯被系在一根长杆的末端。那座苦像大约有真人大小，是用混凝纸制的，具有非凡的现实主义色彩。西班

[①] 十字苦像是基督教十字架的一种，以耶稣被钉死在十字架上的图景为特征。十字苦像是基督教许多分支的重要象征，在天主教中尤为重要。

牙人总是试图使宗教变得可怕，他们擅长描绘殉道者所承受的所有创伤、瘀伤和受折磨的痕迹。在制作这座苦像的过程中，为了凸显殉难的价值，上面满是血迹、脓包和青紫色的肿块。这是人们所能想象到的最可怕的人体。

拿着这个可怖苦像的人在大门外停了下来。士兵们也靠得更近了。大约有一百名群众簇拥在他们后面，距离之近，绝不会错过处决时要说的每句话和要做的每件事。这时，囚犯在告解神父的陪伴下出现了。

我永远不会忘记他的脸。他又高又瘦，看上去大约三十岁。他的前额很高，头发乌黑浓密，像刷子上的猪鬃毛一样直。他的眼睛很大，眼窝深陷，像要烧起来似的。他赤着脚，身穿黑色长袍，心口处缝着一个蓝红相间的十字。这是那些即将死去之人的标志。他的衬衫领子打着飞褶，延伸到双肩和胸口。一根与黑色布料形成鲜明对比的精致白绳，在他的身上绕了好几圈，用复杂的结把他的胳膊和手拗成祈祷的姿势。他的双手中间有一个小十字苦像和圣母像。他的告解神父则是胖乎乎的，身材短小，体格粗壮，还红着脸，看上去像个好人。但一个人若是做这事好多年了，也会对此无动于衷的。

犯人后面跟着一个脸色苍白的人，身材瘦弱，有一副温和胆怯的面孔。他的夹克是棕色的，裤子和长袜是黑色的。要不是他头上戴了一顶灰色宽边帽，就像斗牛士在比赛时戴的那种，我准会认为他是一位便衣的公证人或者执行官。当他看见十字苦像时，恭恭敬敬地脱下帽子，然后我注意到帽徽像是一个一个小小的象牙梯子附在王冠上。他就是绞刑吏。

刚刚不得不弯腰蹲在监狱侧门下的囚犯，一出大门就挺直了身子，他睁开双眼，他的眼睛显得异常大，他飞速地扫视了一下人群，深吸了一口气。在我看来，他像在一个狭小而令人窒息的牢房里待了太久似的，愉快地呼吸着外面的空气。他的表情很奇怪：不是害怕，而是不安。他似乎听天由命，既不傲慢，也不装模作样。我对自己说，若易地而处，我该为自己能有这样的举止感到自豪。

神父让他跪在十字苦像前，他听从了，并吻了吻那座可怖苦像的脚。那一瞬间，现场所有人都被触动了，大家都陷入了深深的沉默。神父注意到了这件事，他抬起双手，将它们从长袖里解放出来，因为袖子会妨碍他做出演讲手势。然后他开始发表可能不止一次发表过的演讲，他的声音虽然沉稳有力，但由于经常重复同样的语调而显得有些单调。他口齿清晰，口音纯正，说的是地道的卡斯蒂利亚语，那位囚犯或许只听懂了一半。每句话的开始他都用上了尖锐的音调，然后升为假声，但最后总是以严肃、低沉的语调作为结束。

事实上，他对这个囚犯，也就是被他称为兄弟的人说道："你确实是罪有应得的，你的罪行性质恶劣，只判处你上绞刑架已是格外开恩。"这里，他提到了凶杀案的问题，并长篇大论地叙述了罪犯年轻时的不信教的行为，而这正是导致他堕落的原因。然后，他慢慢上升到了主题："但是，与我们神圣的救世主为你所承受的难以想象的苦难相比，你现在必须承受的惩罚又是什么呢？想想（救世主）身上的血和伤口。"诸如此类。随后，他对这份感激之情做了非常详细的描述，用上了西班牙语所允许的一切夸张手法，并对上述的那座可怖苦像加以说明。最后的陈述比开场白更有价值。他说，虽然花了很长篇幅讲这件事，但上帝的仁慈与怜悯是无限的，真正的忏悔可以缓和他的愤怒。

那位囚犯站了起来，用一种相当狂热的目光盯着神父，对他说："神父，告诉我我会有一个好结局就足够了。让我们继续吧！"

神父对自己的演讲十分满意，转身折返回监狱。两名方济各会的修士接替了他的位子站在囚犯两侧，他们直到最后一刻才会离开。

然后，他们让囚犯平躺在一个垫子上，行刑者把垫子往自己的方向稍微拉了下，但没有很用力，他们之间好像有种心照不宣的默契似的。这仅仅是一种仪式，为了表现出他们在不折不扣地执行这句话："被拖到跨栏上，再被绞死。"

做完这一切后，这个可怜的男人就被抬到一头驴子身上，行刑者牵着驴子的缰绳。每边各有两名方济各会的修士在行走，前面跟着长长的两列队伍，包括该修会的修士和德桑帕拉多斯兄弟会① 的信徒。他们手上拿着旗帜和十字架。驴子后面跟着一位公证人和两位执行官，他们身穿法式黑衣、马裤和丝袜，腰间挂着佩剑，骑在两匹可怜的、马鞍都

---

① 德桑帕拉多斯兄弟会，最初成立于一四一四年八月二十九日，目标是帮助精神病患者。由于饥荒和瘟疫，在巴伦西亚的街道上有许多被遗弃的儿童，因此，兄弟会将其救助范围扩大到无家可归和被遗弃的儿童。他们的女守护神是"被遗忘者的圣母"。

装不好的小马驹上。一队骑兵跟在他们后面。队伍走得很慢，修士们用低沉的声音唱着祷文，一些穿着斗篷的人在人群中来回穿梭，递上银盘子，为这可怜的男人乞求些施舍。大家花的这钱可使他的灵魂得到安息；对于一个马上要被绞死的虔诚的天主教徒来说，若是看到盘子里很快就装满了硬币，一定会因此感到慰藉。每个人都贡献了。虽然我是一个无神论者，但我还是满怀敬意地献上了自己的那一份。

事实上，我喜爱这些天主教的仪式，也愿意相信它们。像这种场合，它们带来的触动远比我们的马车和宪兵骑士带来的深刻得多，那些不过是在法国接受的用来执行死刑的不入流训练。除此之外还有一点，我爱这些十字架和送行队伍，它们会大大有助于在最后时刻安抚囚犯。这样悲凉又华丽的场面会使他的虚荣心得到满足，这些感情会停留在他的心中，直到死去才会消散。他从孩提时就尊敬的那些修士会为他祈祷，那些祷告的歌声，那些参与的人群发出的声音，所有的这一切都会让他昏昏欲睡，让他分心，让他无法思考接下来等待着他的命运。如果他把头转向右边，右边的修士会告诉他上帝的无限仁慈。在左边，另一位修士已经准备好向他承诺圣方济各有力的代祷。他像一位应征入伍的士兵，夹在两名看守以及劝诫他的军官中间，就这样奔赴自己的刑场。他一刻都不得安宁——哲学家也许会站出来抗议这件事。我认为这样对他更好，这种持续的煽动会使他无法沉浸在自己的思绪里，而那才是一种无限的痛苦。

所以我明白了为什么修士们，尤其是那些托钵修会的会规和礼拜，会对下层阶级产生如此之大的影响。事实上，他们（如果不宽容的自由主义者允许我这么说的话）是那些生活在不幸中的人们的支持和慰藉，从那些人出生到死亡。和一个将要被处死的人交谈三天，这是一种多么悲惨的责任啊！我想，如果我不幸被绞死，有两位方济各会修士陪我说说话，那么我也不会感到太遗憾。

游行队伍为了能穿过最宽阔的街道，选择了一条非常曲折的路线。在向导的带领下，我选择了更直接的一条路，以便在囚犯经过时再看他一眼。我注意到，从他走出监狱到抵达我第二次见到他的那条街，这短短的时间里，他似乎变得不那么高大了：他的身体一点一点地下垂，他的头耷拉在胸前，仿佛只能靠脖子上的皮支撑着。然而，我在他的脸上看不出任何恐惧的痕迹。他凝视着手中的塑像，如果他抬起头来，他的眼睛就会落在两位方济各会修士的身上，他显然对他们说的话很感兴趣。

我本来要向外走去，但有人敦促我继续朝集市里面走，在那里我可以完全自由地从阳台上观看处决，或者退回我的公寓以避开处决结束后的人流。所以我跟着送行队伍继续前行。广场完全没有挤满人。卖水果和蔬菜的妇女们没有频繁移动造成麻烦，人们可以很轻易地四处走动。悬挂着阿拉贡①臂章的绞刑架，被竖立在一座优雅的摩尔式建筑——巴伦西亚丝绸交易大厅前。集市很长，周围的房子虽然小却有很多层，每一排窗户前都有一个铁阳台。从远处看，会让人想起一个大笼子。这些阳台很多都没有被观众占用，在给我安排的那个阳台上，我见到了两位约莫十六岁或十八岁的年轻女士，她们正惬意地坐在椅子上，用世上最轻松随意的方式摇着手中的扇子。她们都非常漂亮，从她们身上那整洁的

---

① 阿拉贡，地处西班牙东北部，有 136 公里边界与法国接壤，地中海气候。那里的人们主要讲西班牙语。其是通往地中海沿岸的巴塞罗那、大西洋沿岸的毕尔巴鄂以及首都马德里等重要城市的战略要冲。

黑色丝裙、缎面拖鞋和缀满蕾丝边的小披肩，我可以判断她们一定是富裕的中产阶级家庭的女孩。我的看法也被证实了，她们虽然用巴伦西亚的方言称呼对方，但也听得懂西班牙语，并且说得非常正确。

在集市的一角矗立着一座小教堂。这座教堂和不远处的绞刑架被皇家志愿军和前列军队围成了一个大广场。士兵们列队出行与送行队伍进行交接，囚犯被人从驴子上扶下来，领到了前面所说的被围起来的广场前。修士们将他围住，他跪在地上，不断亲吻广场上的台阶。我不知道他说了什么。与此同时，行刑者检查了自己的绳索和梯子，确认无误后走近那个匍匐在地的囚犯，把手搭在他的肩上，按照惯例对他说道："兄弟，是时候上路了。"

除了一位修士留了下来，其他修士都离开了，行刑者出现了，他接管了自己的受刑人。当他领着囚犯往前走的时候，小心地用自己的大帽子遮住了那可怜人的双眼，想要把眼前的绞刑架掩盖起来。但是后者显然试图用他的头将帽子顶开，以示自己有足够的勇气面对死神的刑具。到了正午时分，行刑者拉着他身后的受刑人一起爬上了那一层层通向致命终点的台阶，而受刑人因为要倒着向后退，所以行动很困难。台阶很宽，只有左边一侧有栏杆，那位修士走在左侧，行刑者和受刑人则从右侧向上走。修士一直在说话，做着许多手势。当他们走到台阶顶端时，行刑者以超乎寻常的速度将绳索绕在受刑人的脖子上，这时修士则让他背诵教义，接着修士提高音量，喊道："我的兄弟们，让我们一起为这可怜的罪人祈祷吧。"我听到身旁有一个甜美的声音深情地说道："阿门。"我转过头来，看见了一位漂亮的巴伦西亚姑娘，她的脸颊微红，匆匆扇动着她的扇子，聚精会神地望着绞刑架那边。我顺着她的目光看去：那位修士正从阶梯上走下来，那可怜的男人被悬在半空，行刑者按住他的肩膀，还有一个助手帮忙拉着他的双脚。

附言：我不知道你的爱国心是否能让你体谅我对西班牙的偏爱。既然我们谈到罪犯这个话题，我可以说，我喜欢西班牙的处决多过我们（法国）的，我也更喜欢他们的监狱，而不是我们那每年送进去一千二百个流氓的地方。请注意，我指的不是非洲的监狱，我没见过那些。在托雷多，在塞维尔，在格拉纳达，在加的斯，我看到了许许多多监狱里的犯人，在我看来他们并没有那么悲惨。他们从事修建铁路的工作，虽然衣衫褴褛，可他们的脸上却丝毫没有我在法国见到的那种阴郁绝望的神情。他们和看守的卫兵一样吃着大壶里的西班牙炖菜，也一样会在阴凉处抽雪茄。但最让我高兴的是，这里的人不像法国人那样，他们不会对犯人们感到厌恶反感。原因很简单：在法国，每个被送进监狱的人都做了盗窃甚至更糟的事。在西班牙，在不同时期，反而会有一些非常正派的人因为持有与政府不同的意见而被判处终身监禁。虽然作为政治牺牲品的人数是非常少的，但也足够改变公众对这些狱中犯人的看法。当然，对流氓太好总比对英勇的绅士不体贴要好。所以他们的雪茄一直是被点好的，他们也会被称呼为"我的朋友"或"同志"。守卫们不会让他们觉得自己属于异类。

如果这封信不会显得太长的话，我将告诉你不久前我遇到的一个人的故事，这个故事会让你知道这里的人是如何对待犯人的。

在从格拉纳达到贝伦的路上，我遇到了一个高个子男人，他脚上穿着麻底鞋，走起路来很有军人的风范。他的身后跟着一只西班牙小猎犬。他的衣服剪裁奇怪，和我平时见到的农民的衣服不太一样。我策马小跑，他却能毫不费力地跟在后面，与我攀谈起来。我们很快就成了好朋友，我的向导则称呼他为"先生"或"阁下"（您）；他们谈到了一位格拉纳达的某某先生，是他们都认识的典狱长。到了吃午饭的时候，我们在一幢房子前停了下来，在那里我们买了些红酒。这个带着狗的男人从麻布袋里掏出一块咸鳕鱼并分了些给我。我建议我们可以共享食物，于是三个人都吃得津津有味的。我必须向你承认，我们是用同一个瓶子喝酒的，原因很简单，方圆一里都找不到一个杯子。我问他为什么要这么麻烦，在旅行途中还带着一只幼小的狗。他告诉我这趟旅行就是为了这条狗，他的长官要将它送给他一个在哈恩①的朋友。见他没有穿军装，又听到他提起了自己的长官，我便问他："那么你是一名军人吗？""不是，我是待在监狱里的人。"我颇感诧异，我的向导惊呼道："什么，你没从他的

---

① 哈恩：西班牙南部城市，安达鲁齐地区哈恩省的首府。

衣服上看出来吗？"我的向导是个老实的骡夫，他的态度从头到尾一点都没变。他像一位绅士那样，先把那瓶酒递给了我，而后又把它递给囚犯，最后才到他自己。总而言之，他对待他就像西班牙人对待自己人一样有礼。

"你怎么会被送进监狱呢？"我问起我的旅伴。

"噢，先生，这真是个灾难。我碰巧经历了几起死亡事件。"

"这见鬼的是怎么回事呀？"

"事情是这样的。我曾是名士兵，和我二十来个同伴一起护送一队来自巴伦西亚的囚犯，在路上，他们的一些朋友试图劫囚，同时我们的囚犯们也在反抗。我们的队长一下子不知所措：可如果囚犯逃跑了，他就要为他们可能造成的一切伤害负责。他便打定了主意，向我们大喊道：'向囚犯们开枪。'我们开枪打死了十五个人，也马上赶跑了他们的朋友。这发生在我们有宪法的时候。当法国人回来把它从我们手中夺走时，他们审判了我们，我们这些可怜的士兵。因为在这些死掉的囚犯中，有几位是被立宪派关进监狱的保皇派绅士。我们的队长已经死了，于是我们就被追究责任。我的刑期很快就要结束了，我的长官因我在狱中的良好表现对我很有信心，所以他派我去哈恩，把这封信和这条狗交给那里的典狱长。"

我的向导是一个保皇派，而这位犯人显然是一位立宪派。尽管如此，他们仍保持着良好的互动。当我们重新上路时，那只西班牙猎犬已经累得不行了，犯人只好用背心裹着它，将它背在身上。和这个男人的聊天把我逗得乐得不行。至于他嘛，我给他的雪茄和我们共进的午餐对他影响也挺大的，以至于他想跟着我一直到贝伦。

"这条路不安全，"他对我说，"我会从我在哈恩的一个朋友那里弄把火枪来，这样即使我们遇到半打强盗，他们也不敢抢你的一条手帕。"

"但是，"我说，"如果不回监狱，你的刑期肯定会被延长的，也许会延长一年。"

"呸！一年有什么关系？不管怎样，你也可以给我一份文书证明，证明我是陪你一道的。最重要的是，如果我让你一个人在那条路上独行，我会不得安宁的……"

要不是他和我的向导吵了一架，我是会允许他陪我去

的。两位吵架的原因如下：

因犯跟在我们的马匹后面徒步走了八里路，如果路况允许，我们也会小跑着走。他想了想说，就算我们纵马疾驰，他也能跟得上。我的向导嘲笑了他。我们的马可能也不是真的马，前面有四分之一里路是需要穿过平原的，这个犯人背着他的狗在走。我的向导向他发起了挑战。我们飞驰出去，但这个魔鬼般的男人真的有着士兵的双腿，我们的马都跑不赢他。向导的虚荣心使他不太能原谅这样的羞辱。他拒绝和他说话，当我们到达坎皮略德亚雷纳斯①时，他也离得远远的。这位因犯有着西班牙人典型的思虑周全，明白了他的存在已经不再受欢迎，于是就离开了。

---

① 坎皮略德亚雷纳斯：西班牙安达鲁齐地区哈恩省的一个市镇。

第三封信

强盗

1830 年 11 月，马德里

先生：

几个月后我回到了马德里，我走遍了安达鲁齐这个出名的盗贼之境，却没能遇上一个盗贼。我为此感到羞愧。我都做好被攻击的准备了——甚至不准备防御，我想和他们聊聊，也想非常有礼貌地询问一下他们的生活方式。再看看我那肘部外露的大衣，还有我那简陋的行李，我有些后悔错过了这些先生们。若得亲眼所见之乐趣，即使会损失一个轻巧的行李箱，也不会太可惜。

但是，许是为了补偿我没有看到强盗，我倒是听说了些其他的见闻。在每一处换骡子的地方，驭马手和客栈老板都会告诉你一些旅行者被暗杀、妇女被绑架的悲惨故事。他们所讨论的事情总是发生在前一天晚上，就在你眼前的这条路上。根据种种说法，一个尚未了解西班牙也还没有时间体会到卡斯蒂利亚人那种高贵冷漠态度的旅客，无论他一开始觉得这样的事有多难以置信，过不了多久就会对此留下深刻的印象。比起北方，这儿的夜幕降临得要快得多，在这里，黄昏只会持续片刻。然后开始起风，尤其是在山区附近，起风在巴黎或许是温暖舒适的，而在这里，尤其是与炙热的白昼相比，显得又冷又讨厌。当你将自己裹在斗篷里，把旅行帽拉下来盖住眼睛时，你会注意到护卫队里的人正在清空他们的火器，却没有重新装填弹药。惊讶于这种奇怪的行径，你肯定得问问理由吧，这些坐在马车顶上的勇士回答说，虽然他们已经足够勇敢，但也不能指望他们抵挡一整队的强盗。

若是受到强盗的袭击，我们唯一能幸免于难的指望，就是我们能够证明自己从未有过任何自卫的意图。

那为什么要麻烦这些人和他们无用的枪呢？"哦，那是用来对付那些拉特罗的，就是那些刚当上土匪的生手，他们一有机会就会朝旅客开枪。你同一时间最多只会遇见两三个。"

然后有位旅客开始后悔自己随身带了太多钱。他看了看他那块昂贵的宝玑表[1]，想到它可能再也不会告诉自己时间了，他就希望这块表如今仍在巴黎，仍静静地挂在他的壁炉架上。他问车夫长（他叫马约拉尔），强盗是否会抢人们的衣服。

"有时候会，先生。上个月，那趟从塞维尔出发的公共马车停在了卡尔洛塔[2]附近，到达埃西哈[3]的时候所有乘客就像一群小天使呢。"

"小天使！你这话是什么意思？"

"我的意思是那些土匪抢走了他们所有的衣服，连一件衬衫都没有留下。"

"魔鬼！"旅客大叫了一声，马上扣好了骑马衣的扣子。

但当他看到一位安达鲁齐姑娘，也就是他的旅伴虔诚地亲吻她的拇指并叹息道："耶稣，耶稣！"的时候，他又鼓

---

① 宝玑是斯沃琪集团品牌，创始于一七七五年。在业界宝玑有"表王"的称号，同时也有"现代制表之父"的美誉。

② 卡尔洛塔：西班牙安达鲁齐自治区高杜省的市镇。

③ 埃西哈：西班牙安达鲁齐自治区塞维尔省的市镇。

起了一些勇气，甚至还笑了起来。（众所周知，那些在胸口画上十字后亲吻自己大拇指的人永远不会有悲伤。）

夜幕已然低垂，但幸运的是，万里无云的夜空中升起了一轮皎皎明月。现在，在不远处可以看到一个可怕的峡谷开口，不少于半里长。

"马约拉尔！前面就是那辆公共马车当时停靠的位置吗？"

"是的，先生，还有一个旅客被杀了。驭马手，"马拉约尔接着说，"别再抽你的鞭子了，免得引起他们的注意。"

"谁？"这位旅客问道。

"强盗。"马拉约尔回答。

"是魔鬼！"旅客大声惊呼起来。

"看，先生，就在那条路的拐角处……难道不是那些人吗？他们就躲在那块巨石的阴影里。"

"是的，夫人。一个、两个、三个，马背上有六个人！"

"哦，天啊，耶稣啊！……"（更多人开始画十字和亲吻拇指。）

"马拉约尔，你看到了吗？"

"看到了。"

"有一个人拿着根棍子，也许是把火枪？"

"是一把火枪。"

"你认为他们是好人吗？"这名年轻的安达鲁齐男子焦急地询问他。

"谁知道呢？"马拉约尔回答道，他耸了耸肩，嘴角往下撇了撇。

"那么，愿上帝保佑我们大家吧！"安达鲁齐姑娘把脸埋在年轻男子的背心里，他备受感动。

八匹健壮的骡子拉着马车，疾驰如风。骑手们停了下来：他们拉成一排——这是为了拦住去路。不，他们是为了打开包围圈，三个走左边的路，三个走右边——这样就可以将马车团团围住。

"驭马手，如果那些家伙叫你，你就马上停下骡子，可别让我们吃上来复枪的枪子！"

"别担心，先生。我的命和你的一样值钱。"

最后，六名骑手离我们很近，近到可以辨认出他们的大帽子，还有他们的摩尔式马鞍和白色的皮质胶靴。要是能看到他们的容貌就好了！那会是怎样的眼睛和胡子，怎样吓人的样子呀！毫无疑问，他们是强盗，因为他们全都带着武器。

第一个强盗摸了摸他的帽檐，用一种低沉柔和的声音说："Vayan Vds. con Dios！（上帝与你同在！）"这是每一个在路上的旅客会互相致以的问候。"上帝与你同在。"其他几个骑手也轮流说着，并礼貌地让马车通过。其实他们是一些诚实的农民，很晚才从埃西哈的集市赶回自己的村庄，因为我前面已经提到过，大家都在担心路上会不会有强盗出没，所以就组成了一支武装队伍。

经过几次这样的遭遇，你很快就不再相信强盗的存在了。村里农民那粗野的模样也越看越眼熟，以至于你会把一个真正的强盗认成一个只是最近没怎么刮胡子的老实劳工。我在格拉纳达结识了一位年轻的英国人，他走遍了西班牙所有糟糕的道路，却毫发无伤，从此以后就开始固执地否认强盗的存在。有一天，两个凶神恶煞全副武装的人拦住了他。他以为他们是爱开玩笑的农民，只是想吓吓他。

对于他们向他要钱的所有要求，他都笑着回答说他已经看穿了他们的把戏。这伙货真价实的强盗中的一个，为了打破他的幻想，只得用他的火枪枪托朝英国人的脑袋砸了一下。三个月后，他仍然忘不了当时的恐惧。

除了极少数情况外，西班牙的强盗不会对旅行者们太差。他们往往会满足于交给他们的钱，也不会搜身或打开任何箱子，不过，最好也不要指望这一点。有一位从马德里来的打扮时髦的男青年，在去加的斯的路上，带上了他要寄去伦敦的二十多件质量上乘的精致衬衣。强盗们在卡罗莱纳附近截住了他，将他的钱包搜刮一空，更别提像他这种社会地位的人必然会佩戴的戒指、项链和爱情信物了。强盗首领十分有礼貌地叫他看看他们的麻布衣服，由于他们不得不避开文明的中心，躲在山林里，这些脏衣服平时根本没处洗。那二十多件衬衣被摊在地上细细品鉴，然后首领就像莫里哀戏剧中的土耳其男仆一样说道："在这群绅士之间，咱也得有这样的自由。"他把其中一些衬衣放进了他的背包，脱下他至少已经穿了六周的脏衣服，兴高采烈地换上了阶下囚最好的细薄毛织料，他的强盗同伙也跟着做了。因此那位不幸的旅客，当全身的行头一转眼被剥光后，又马上发现自己被一堆破布淹没了，他都不敢用自己的手杖去碰。除此之外，他还得忍受那群强盗团伙的大声奚落。那位首领用一种安达鲁齐式庄重又戏谑的态度向他告别，说自己永远不会忘记这位助人为乐的先生，也一定会尽力归还这些大方借给他的衬衣，并且表示只要他能有幸再次见到他，他就会亲自去找他。

"最重要的是，"他最后说道，"别忘了把这些绅士们的脏衣服送到洗衣店去。在你返回马德里的时候我们会去取的。"

那名男青年将自己亲身经历的这次冒险告诉了我，他坦言，比起那些丢失的衬衣，他更无法原谅强盗们可恶的玩笑。

在不同的时期，西班牙政府都曾认真地试图整顿这个国家自古以来就有的匪盗横行之患。这些努力从未取得显著的成功。一个强盗团伙被摧毁了，另一个马上又会崛起。有时，当一位地方长官费尽苦心地将他们驱逐出自己的领地，可他们逃去的邻近省份就会遭受更多的伤害。

这个国家是天然的多山脉地区，没有开阔的道路，因此

彻底剿匪这件事就变得非常困难。在西班牙，就像在旺代①
一样，有着许多与其他居住地相隔数英里的偏僻农庄。如果
在这些农庄和小村庄里驻扎军队，强盗们很快就会因饥饿而
缴械投降。但是怎样才能找到足够的人力和军饷呢？

显然，那些害怕被报复的农民，只有同强盗保持友好的
关系才能保证他们的权益。而后者也为了生存而依赖农民，
迁就他们，对他们的需求有求必应，有时甚至与他们分享搜
刮来的战利品。此外，我还要补充一点，这种拦路抢劫一般
不会被视作不光彩的事。在许多人看来，这是一种反抗，是
对残暴专制的法律的抗议。除了一杆枪之外一无所有的人，
却公然与政府为敌，这样的人会让男人尊敬，让女人倾慕。
这份光荣就像这首古老歌谣里唱的那样：

> 我向所有人发出挑战，
>
> 来吧，我不惧怕任何人！

---

① 旺代：位于法国西部的卢瓦尔河下游地区，北接卢瓦尔河，西临大西洋。这里土
  地肥沃，农业发达，居民思想保守。

强盗通常是走私犯起家。因为海关官员会干涉他们的生意。在百分之九十的人看来，折磨一个英勇的家伙真的是一件极为不公的事，因为他卖的雪茄比国王卖的更好更便宜，还能给女人带来丝绸、英国商品和那些十里八街的花边新闻。如果一个海关官员碰巧扣押或杀死了他的马，走私者就完了，可能还会因为受了点伤去寻仇：这样他就变成了强盗……你问几个月前引起你注意的那个英俊小伙，一些村子里的头号人物，现在怎么样了？

"唉，"一个女人回答说，"他们把他逼得上山为盗了。这不是他的过错，可怜的孩子，他的脾气是那么好。愿上帝保佑他！"

这些善良的灵魂认为政府应该对强盗所造成的一切伤害负责。他们说，是法律激怒了那些穷苦的人，他们只想安安静静地待在家里，靠做点生意过活。

西班牙强盗的典范、劫路上的英雄人物原型、我们这个时代的罗宾汉或罗克·吉纳，就是著名的育才 – 玛丽亚[1]，

---

[1] 原文为 Jose，西班牙语，一译何塞，这里遵从傅雷先生的原译，译作育才。

又被称为早起者。从马德里到塞维尔，从塞维尔到马拉加①，他是被人议论最多的强盗。他英俊、勇敢，是强盗中最彬彬有礼的那一位，如果他叫停了一辆公共马车，他会先牵着女士们的手把她们扶下车，然后费力地在阴凉处给她们找到舒适的位置——因为他的大部分活都是在白天干的。他从不咒骂或是爆粗，恰恰相反，他拥有永远都挑不出错的、天生恭敬有礼的仪态。"啊，夫人，"他一边说着："多么可爱的一只手啊，任何的装饰对它来说都是多余的。"一边把戒指从手指上摘下拿走，他用如此温暖的方式亲吻这只手，你便会认为，就像这位西班牙夫人认为的那样，这个吻对他来说比戒指更有价值：他漫不经心地拿走戒指，而这个吻却持续了很久。我可以确信他会给每位旅客留下足够到达下一个村庄的钱，也总是会准许他们留下一些可以在心里存个念想的宝贝。

根据我听到的描述，育才－玛丽亚是一个二十五岁或三十岁的高个青年，体态健美，有一张坦率又充满笑意的

---

① 马拉加：位于西班牙南部的安达鲁齐自治区，地中海太阳海岸的一个城市。

脸，牙齿像珍珠一样洁白，还有一双会说话的眼睛。他通常打扮得像个时髦乡绅，穿戴华丽，他的衬衫白得耀眼，他的首饰也是伦敦或巴黎时尚圈人士的杰出作品。

他目前只在道上干了五六年。他本来注定要在父母的安排下把自己交付给教会，并在格拉纳达大学学习神学。不过他的宗教信仰并不十分强烈，然后你就可以想象：因他在一个傍晚摸黑进了一个家境良好的年轻姑娘的房间，人们总说，爱情可以解释许多事，有些暴力事件发生了，还有仆人受伤了——我一直没弄清到底发生了什么事。姑娘的父亲揪着此事不放，这个案子就被送上了刑事法庭。育才－玛丽亚被迫流亡到直布罗陀①。在那里，由于身无分文，他与一位英国商人达成了一笔交易，帮他分销大量的走私货。他的计划被身边信任的人泄露了。海关当局获悉了他的行经路线并在途中设下埋伏。他赶着的骡子被带走了，他也全数交出了货物，但是在一场激烈的战斗之后才肯交出，期间他打死或

---

① 直布罗陀：是欧洲伊比利亚半岛南端的城市和港口，在直布罗陀海峡东端的北岸，十五至十八世纪属于西班牙的领地，一七一三年被割让给英国，此后成为英国殖民地。目前属地问题仍受到争议。

弄伤了几名海关官员。从那以后，除了打劫过路的旅客，他也没别的事可做了。

直到今天，他都有着超乎寻常的好运气。他的脑袋上悬着一笔赏金，各大城镇的城门口都张贴着关于他的告示，无论是死是活，甚至只要是他的同谋之一，官方都悬赏八千雷亚尔捉拿。然而，育才还是毫无顾忌地继续进行他的贸易活动，他的远征从葡萄牙边境一直延伸到穆尔西亚王国。他的队伍规模不大，每个同伴的忠诚和勇气都已受到了长时间的考验。有一天在嘉仙客栈，他带着十来个挑选出的精兵，突袭了派来追杀他的七十个皇家志愿军，并将他们全部缴械。然后，他带着七十支卡宾枪作为他这次大胆行动的战利品，悠然自得地回到山上。

据说他的枪法也是精妙绝伦。纵马飞驰时，就算距离一百五十英尺，他也能瞄准一棵橄榄树的某根树干。下面这段情节将会向你展示他的技巧和他的英勇。

某位卡斯特罗先生是位非常勇敢又活跃的军官，据说，他抓捕强盗，既是为了满足个人的复仇，也是为了履行职责。他从他的一个线人那儿得知，有一天在一个偏僻的小酒馆里，育才－玛丽亚可能会和他的情人幽会。那天，为了不引起怀疑，他骑着马出发了，只带了四个枪骑兵。尽管他做了大量的预防措施，育才－玛丽亚还是得知了他的到来。就在卡斯特罗骑着马越过深沟进入山谷，快要接近育才和他的情人所在的酒馆时，他的两侧突然出现了十二个装备齐全的男人，挡在了卡斯特罗和唯一能让他逃命的峡谷中间的道路上。那四个枪骑兵也不见踪影了。有一人骑着一匹枣色骏马从强盗队伍里疾驰而来，在距离卡斯特罗一百英尺的地方突然停下。

"育才－玛丽亚是不会被偷袭到的，"他喊道，"我又对你做了什么呢，卡斯特罗上尉，你怎么会想把我交给法律处置？我可以轻而易举地杀了你，但这年头有胆魄的男人也甚是少见了，我会饶恕你。可你也必须留下点纪念品。你的军帽！"

他一边说，一边瞄准了目标，用一颗子弹射穿了上尉的帽子。

还有一个例子可以说明他的礼貌。

安杜哈尔附近的农庄在举行一场婚礼。一对新婚夫妇已经得到了所有亲朋的祝福，正准备在门前的一棵大无花果树下坐下用餐。所有人都沉浸在喜悦里，茉莉花和桔子花的香味跟那快要把桌子压弯的食物的浓郁香气甜蜜地融合在空气中。突然，一位不知名的骑马手从屋外手枪射程范围内的灌木丛中走了出来。他轻快地下了马，挥手向客人们致意，并把马牵到马厩里。宾客们都到齐了，但是在西班牙，任何形式的盛宴都很欢迎过路的旅客一同加入。此外，从这位陌生人的衣着来看，他似乎是个很重要的人。新郎立刻上前邀他一起就餐。

当大家都低声询问这人是谁的时候，宾客中的一位——安杜哈尔的公证人，脸色惨白得像死人一样。他想从新娘旁边站起来，但他的膝盖在打颤，双腿也快要支撑不住了。还有一位客人，长期以来被怀疑在干走私的活计，走到新娘跟前说道："他就是育才－玛丽亚，除非我弄错了，否则他肯定是要来这儿宰人的。他好像是为了公证人而来的。我们能做些什么呢？帮他逃跑？不可能，育才－玛丽亚很快就能追上来。抓住这个强盗？他的同伴无疑就在附近。此外，他的手枪还别在腰带上，他又从来都是匕首不离身的。——公证人阁下，你到底对他做了什么？"

"唉，什么也没做。什么都没做！"

有人嘀咕说，在这之前两个月，这位公证人曾经对他的农夫说，如果育才－玛丽亚过来讨酒喝，就往他的红酒里放足够剂量的砒霜。

他们还在讨论这个话题，土瓮里的什锦菜都没人动，这时陌生人又出现了。毫无疑问，他就是育才－玛丽亚。他经过时像只老虎似的怒视着公证人，那公证人像发高烧一样开始颤抖。然后他十分有礼貌地向新娘问好，并询问是否可以在她的婚礼上跳舞。她当然没有拒绝，并且小心翼翼地不想流露出丝毫没有教养的举止。于是，育才－玛丽亚把一只软木凳子拉到桌旁，毫不客气地坐在那个随时都可能昏倒的公证人和新娘中间。

他们开始用餐。育才－玛丽亚彬彬有礼，对他的邻座也是体贴周到。当婚宴的酒被端上桌时，新娘举起一杯蒙底拉白葡萄酒（在我看来比雪利酒好），用它轻触自己的双唇，然后献给这位强盗。这是一种会对自己所尊敬的人做的传统礼节，被称为"una fineza（献上珍馐）"。不幸的是，在现在的好社会里已经不再被视为规矩了，因为这里的人和其他地方的人一样，渴望摆脱一切民族习俗。

育才－玛丽亚接过酒杯，连声道谢，恳请新娘把他当成她的仆人，并且声明他很乐意做她赏脸要求的任何事。

那位新娘全身颤抖着，在她那可怕的客人耳边讷讷地说："请帮我一个忙。"

"一千个都行！"他喊道。

"我恳求你忘记吧，把你来时怀揣的恶意全都忘记吧。为了你对我的爱，请答应我，你会宽恕你的敌人，不会让任何丑闻发生在我的婚礼上。"

"公证人！"育才－玛丽亚转过身来对那位公证人说道，"感谢这位小姐吧。如果不是她，我会在你的食物消化完之前就杀了你。现在你不用害怕了，我不会再伤害你了。"

他也倒了一杯酒，嘴角添了一抹玩味的笑容说道："来吧，公证人，为我的健康干杯吧！这酒可是好酒，里面也没有毒药。"郁闷的公证人觉得自己肚子里仿佛吞下了一百枚银针。"来吧，孩子们！"强盗喊道，"让我们尽情作乐吧！新娘万岁！"

接着他一跃而起，想要找把吉他，为这对刚刚结合的新婚夫妇即兴赋诗一首。

总之，在随后举行的午宴和舞会上，他表现得如此讨人喜欢，以至于女士们只要一想到这样一个迷人的家伙最终可能会被送上绞刑架，就不禁热泪盈眶。他唱歌，他跳舞，他有办法取悦在场的每一个人。快到午夜的时候，一个衣衫褴褛的十二岁小姑娘走到他跟前，用吉卜赛方言对他说了几句话。育才－玛丽亚转身跑向了马厩，很快又牵着他的马回来了。然后，他走到新娘面前，把缰绳套在自己的胳膊上。

"再见了，"他说，"我灵魂中的女孩，我永远不会忘记在你身边度过的时光，这是这些年来我最快乐的时刻。你能否好心地接受一个可怜的魔鬼想要给你的小小礼物呢？如果可以的话，他想将一座金矿献给你。"

接着，他将一枚漂亮的戒指赠予她。

"育才－玛丽亚，"新娘大声说，"只要这房子里还有一块面包，就有一半是给你的。"

这位强盗和所有宾客一一握手，连公证人也不例外，他亲吻了所有的女士。然后轻盈地跳上马鞍，逃回山里。公证

人这时才能自由畅快地呼吸。半小时后来了一队士兵，但谁都没能找到他们要找的人。

西班牙人歌颂着勒诺埃德·蒙多邦[①]的功勋，十二圣骑士[②]的传说也早已烂熟于心，他们一定会对这唯一一位，在如此平淡的日子里还能发扬旧时骑士精神的人产生极大的兴趣。育才–玛丽亚能有如此声望还有一个因素：他是极为慷慨之人。他的钱自己分文不用，却会在不幸的人身上挥霍。他们说，没有一个穷人在向他求助时会空手而归。

一个骡夫告诉我，他失去了全部的财产，其中包括一头骡子，就在他准备一头扎进高达奎弗河的时候，一位不知名人士送给他的妻子一个盒子，里头装着六个金币。毫无疑问，这是育才–玛丽亚送的。有一天，当士兵们在育才身后紧追不舍时，骡夫将他引到了一处浅滩助其逃脱。

我将用我的英雄的另一处善行来结束这封信。

在坎皮略德亚雷纳斯附近，有个穷小贩正带着一车醋进

---

① 勒诺埃德·蒙多邦：一位传说中的骑士和英雄，他的故事来自十二世纪法国英雄史诗《勒诺埃德·蒙多邦》。

② 十二圣骑士：在欧洲历史上是指公元八〇〇年前后跟随查理大帝东征西讨的十二位勇士。

城。根据当地的习俗，醋是装在山羊皮里的，由一头快要饿死的又瘦又脏的驴子驮着。在一条狭窄的小路上，小贩遇到了一个陌生人，从他的装束来看，他可能是一个猎人。这个陌生人一看见驴子，就大笑起来。

"多丑的家伙啊！"他大叫道，"我的朋友，你赶着这么一头驴是要去参加狂欢节吗？"

他继续笑着。

赶驴人被深深冒犯了，回答说："先生，这头驴虽然很丑，但仍然可以为我挣得每天的面包。我是个不幸的人，先生，我没有钱再买一头了。"

"什么？"陌生人又叫道，"这头丑陋的母驴让你不至于饿死？不到这个星期她自己就会死了。喏。"他递给小贩一个相当重的袋子，接着说道，"老埃雷拉有一头很好的骡子要卖，他要价一千五百雷亚尔。这钱给你。今天就去把那头骡子买下来，别耽搁一分钟，也别停下来讨价还价。要是让我发现明天你还和这头吓人的驴子一起走在路上，只要我还叫育才-玛丽亚，我就把你俩扔到悬崖边上去。"

赶驴人独自一人拿着手里的袋子，觉得自己仿佛在做

梦，但是一千五百雷亚尔确确实实在他手里。他知道育才 –
玛丽亚是个言出必行的人，就急忙去见埃雷拉，想赶紧用手
里的钱买下那头好骡子。

第二天晚上，老埃雷拉一觉醒来，就看见两个人站在屋
里，举着一盏昏暗的灯，将一把匕首抵在他面前。

"快点，快——交出你的钱！"

"唉，我的好先生们。我家里一个子儿都没有啊。"

"你撒谎，你刚把一头骡子卖给了坎皮略的某某人，还
卖了一千五百雷亚尔。"

这样的诱骗没有人能抵抗，老埃雷拉很快就放弃了那
一千五百雷亚尔——或者，你也可以说，归还了。

1842 年 附言

育才 - 玛丽亚已经去世好几年了。1833 年，当年轻的伊莎贝拉女王①宣誓成为继承人时，费尔南多国王②颁布了大赦令，这位著名的强盗很高兴地利用了这点。作为对他良好表现的奖励，政府甚至给予他每天两雷亚尔的抚恤金。对于一个有许多高雅恶习的人来说，这笔钱是不够的，他不得不去找工作。作为一名巡逻队员，他负责保护那些他以前经常劫持的公共马车。在一段时间里，一切都很顺利：毕竟他以前的强盗同伙们要么怕他，要么尊敬他。但是有一天，一伙打定主意要抢劫的强盗拦住了一辆塞维尔的马车，尽管育才 - 玛丽亚也在马车队伍里。他在马车顶上对他们大声呵斥，以他对前同伙的影响力，他们应该会无声无息地撤退，但这伙人的首领——一个吉普赛人，育才 - 玛丽亚昔日的副手——向他近距离射击并杀死了他。

———————

① 伊莎贝拉女王：即伊莎贝拉二世，西班牙国王费尔南多七世的长女。她的母亲是费尔南多七世的第四任妻子，在没有男性子嗣的费尔南多七世去世后，其女儿伊莎贝拉（当时只有3岁）被宣布为西班牙的女王。

② 费尔南多国王：即西班牙国王费尔南多七世，曾两次在位，分别是一八〇八年三月至一八〇八年五月、一八一三年至一八三三年。一八三三年九月，费尔南多七世病死。由于其无子，由其女伊莎贝拉二世即位。

第四封信

西班牙女巫

1830 年，巴伦西亚

先生：

　　古迹，尤其是古罗马的古迹，对我来说意义不大。我不知道我是怎么能允许自己被说服跑到莫维多去看那些萨贡托 [①] 遗迹的。除了疲惫，我一无所获，吃得很差，又什么都没见着。旅行途中，特别是返程的时候，人们总是会害怕不能对一个不可避免的问题——"想必你会看见……"回答说"是"。为什么我要被迫去看别人看过的东西？我不是奔

[①] 萨贡托：一座西班牙东部城市，位于巴伦西亚省。尽管在战火中屡遭毁灭，但是萨贡托还是保留了许多古伊比利亚和罗马的遗迹。萨贡托是其历史上的名字，从摩尔人手中夺下后，西班牙人将其改名为莫维多。

着一个预定目标来游玩的，我也不是一个古文物研究者。我的神经已经快要麻木了，而且我也不确定记忆里的赫内拉利菲宫里那棵古老的柏树是不是会比我在一棵庄严古树下吃过的石榴和品质优良的无籽葡萄更让我开心。

然而，前往莫维多的旅行并没有使我感到无聊。我雇了一匹马，还有一个巴伦西亚的农民陪我一同步行。我发现他（那个巴伦西亚人）是个很健谈的人，有点无赖，但总的来说是个很好的伙伴，人也挺好玩的。在商量好雇佣马匹的价格后，为了从我这儿多赚一枚西班牙银元，他展现出了惊人的交际手腕和三寸不烂之舌。但与此同时，他又极力维护我在旅馆里的利益，那活跃又热情的劲头能让人发誓相信他是在自掏腰包付账。在他每天呈给我的账目中，有一系列可怕的款项：修补带子，更换钉子，用酒给马擦身，毫无疑问酒是被他自己喝光了，如此种种，倒也没有花费我太多钱。无论我们停在哪里，他都有这个本事让我买东西，我不知道买了多少没用的小玩意儿，尤其是每个地方的刀。他教我如何把拇指放在刀刃上，这样就可以在不割破手指的情况下给人开膛破肚。很快，这些恶魔般的刀子对我来说就显得有些沉重了。它们在我的口袋里不断地撞击，撞在我的腿上，总之，让我十分烦恼，而唯一的解决办法就是把礼物送给文森特才能摆脱它们。他的说法就是：

"阁下的朋友们如果看到您从西班牙给他们带了那么多精美的礼物，会多么高兴啊！"

我永远也不会忘记，有一袋甜橡果，那是我买来送给朋友们的，后来在向导的帮助下，我们在离开莫维多之前就吃光了。

文森特是个见多识广之人，他还在马德里卖过杏仁糖浆，所以他对这个国家的迷信思想也是深有体会。他非常虔诚，在我们一起度过的三天里，我有机会瞧见他某些奇怪的宗教信仰。上帝一点都没能使他忧心，他只是漠不关心地谈起他。但那些圣徒，尤其是圣母玛利亚，领受了他一切的敬奉。他让我想起了那些坐在办公桌前年岁颇高的老律师们，他们的格言是：办公室里的职员朋友可比部长含糊不清的照拂要靠谱多了。

要理解他对圣母的虔诚，你必须知道西班牙有许许多多的圣母。每一个城镇都有自己的圣母，并对邻近城镇的圣母嗤之以鼻。据他说，潘尼斯科拉①圣母，就是咱们可敬的文森特出生的那个小镇，比其他所有城市加起来的都宝贵。

"但是，"有一天我问道，"这样说起来，就不止一个圣母喽？"

"毫无疑问。每个省都有一个。"

"那么在天堂呢，有多少个呢？"

显然，这个问题使他很尴尬，但他的教义问答书帮助了他。

"那儿是只有一个的。"他吞吞吐吐地回答道，像一个人在不断重复他无法理解的内容。

"那么好吧，"我继续问，"如果你摔断了腿，你会向哪个圣母祈祷？是天上的那位，还是另一位呢？"

"向最圣洁的那一位，当然是我们的潘尼斯科拉圣母。"

"为什么不是萨拉戈萨②的皮拉尔圣母③？她创造了那么

---

① 潘尼斯科拉：位于西班牙著名的港口城市巴伦西亚以北，现巴伦西亚自治区的直辖市。

② 萨拉戈萨：西班牙阿拉贡自治区萨拉戈萨省的首府和省会，是西班牙第五大城市，以其古迹和民俗文化著称。

③ 皮拉尔圣母：意为"柱子圣母"（Pilar是柱子的意思，音译为皮拉尔）。相传耶稣十二使徒之一的圣雅各传教至萨拉戈萨，在公元四〇年一月二日见到圣母玛利亚在一根柱子上显灵，要他将基督教带给这个国家，据称这是她升天之前唯一的一次显灵。

多奇迹。"

"呸，她配阿拉贡人就不错了！"

我想抓住他的弱点——他那狭隘的爱国主义。

"如果潘尼斯科拉圣母比皮拉尔圣母更有力量，这不就证明巴伦西亚人比阿拉贡人更可鄙吗，因为他们需要一个更有影响力的人物来宽恕他们的罪行？"

"啊，先生，阿拉贡人不比任何人好，只有我们巴伦西亚人，只有我们自己知道潘尼斯科拉圣母的力量。但有时，我们确实太依赖它了。"

"文森特，请告诉我：你不相信潘尼斯科拉圣母说的是巴伦西亚语吗？当她向上帝恳求不要因你们的罪过而降下惩罚的时候。"

"巴伦西亚语？确实不是的，先生。"文森特热情洋溢地回答，"大人您完全知道圣母说的是什么语言。"

"说实话，我不知道。"

"显然是拉丁语。"

……在巴伦西亚王国的丘陵上经常能看见破败的城堡。有一天，我路过其中一座城堡时，脑海中浮现出一个想法，就问文森特这里会不会闹鬼。他开始微笑，回答说这个国家是没有鬼的，然后他像在回应一个笑话似的眨了眨眼睛补充道："毋庸置疑，阁下一定在自己的国家见过不少吧？"

在西班牙语中，没有一个词可以准确地翻译成"鬼魂"。你可以在字典里找到"Duende"，这个词与我们的"imp"，还有法语里的"lutin"对应，可以指代淘气的孩子。"Duendecito（小淘气）"，可能指一个年轻人躲在一位年轻女士房间的窗帘后面，想要吓唬她，或者做些其他事。至于那些裹在裹尸布里、拖着锁链、又大又苍白的幽灵，你在西班牙是见不到的，也不会有任何传闻。在格拉纳达附近仍有一些被施了魔法的摩尔人，他们的行动被记述了下来，但它们一般都是好的鬼魂，通常在大白天出现，很守纪律，非常谦卑地请求受洗，因为它们在活着的时候没有闲暇做这件事。如果你给予它们这项优待，它们会向你展示华丽的宝藏以回报你的付出。如果再加上一头毛发蓬松的狼，你可以在阿尔罕布拉宫看到它的画像，还有一匹没有头的马①，它可以在阿尔罕布拉宫和赫内拉利菲宫之间乱石林立的峡谷间轻

① 无头马。——原注

盈地奔跑。这样你就大致可以列出一份完整的清单了，上面有着所有能让西班牙儿童感到害怕又着迷的幽灵。

幸运的是，人们仍然相信巫师，尤其是女巫。

在距离莫维多一里格①远的地方，有一家与世隔绝的小酒馆。我口渴得要命，在门口停了下来。有一位非常漂亮的姑娘，肤色不算太黑，给了我一个大罐子，是那种可以用来冷却水的多孔陶罐。文森特每次路过酒馆都不会感到口渴，也从不给我任何停下的理由，他似乎完全不想走进酒馆。他说，天色已经晚了，而我们还有很长的路要赶，再往前走四分之一里格，有一家比这儿好得多的客栈，在那里我们可以喝到除了潘尼斯科拉之外国内最好喝的葡萄酒。我也挺固执的。我喝了别人给我的水，还吃了卡门西太小姐亲手做的加斯帕朔汤②，甚至还在我的速写本上画了她的肖像。同时，文森特在门口摩挲着他的马，不耐烦地吹着口哨，似乎对进屋有着明显的反感。

我们继续旅程。我不时地谈到卡门西太，文森特摇了

---

① 里格：英制长度单位，一里格相当于三英里。
② 加斯帕朔汤：一种传统的番茄和蔬菜凉汤，在西班牙南方餐馆经常能吃到。

摇头。

"一栋坏房子。"他说。

"咦！为什么呀？加斯帕朔汤可棒了。"

"这没什么了不起的。可能是魔鬼做的汤。"

"魔鬼？你是说她没放辣椒，还是说酒馆里的好姑娘真的请了个魔鬼当厨子。"

"谁知道呢？"

"那么……她是女巫吗？"

文森特带着焦虑的神情环顾四周，想看看自己是否被人盯上了。他挥鞭让我的马跑了起来，接着他也跑到了我身边，把头往后一仰，张开嘴，然后面朝天空，这是一个常用的表示肯定的手势，适用于那些想要保持沉默的人，通常很难从他们嘴里套出任何问题的答案。我的好奇心被激起了，我也很乐于见到，我的向导并不像我所担心的那样，是个彻头彻尾的怀疑论者。

"这么说她是个女巫了。"我放慢了马速，说道，"可她不是一个年轻的姑娘吗——她到底是什么？"

"阁下想必知道这句谚语：'一开始是个妓女，然后变成老鸨，最后则是女巫'。出门的时候还是个女孩，等到了港口就是个妇女了。"

"你又怎么知道她是女巫？她做了什么能证明这点呢？"

"她们做的一切事。她有一双恶魔的眼睛①，能让幼童变得干瘪；她会烧毁橄榄树，能让骡子暴毙，还有许多其他邪恶罪行。"

"可是你知道有谁被她的咒语真正伤害过吗？"

"你问我有谁吗？我有位表兄，她就对他要了个绝顶厉害的花招。"

"快跟我说说吧，求你了。"

"他现在在加的斯，如果我告诉您的话，希望不会给他招来厄运……"

我用一支上等雪茄打消了文森特的顾虑。他觉得这个理由让人无法抗拒，于是就开始说了起来：

"先生，您应该知道，我的表兄叫恩里克斯，他是土生

---

① 在巴伦西亚王国，孩子们的手腕上通常会戴上一个小小的猩红手镯，以保护他们不受恶魔之眼的伤害。——原注

土长的巴伦西亚港的格拉奥① 人，职业是水手和渔夫，他是一个好伙伴，也是一个家庭的父亲，和他所有的亲戚一样，他也是一位信奉基督教的绅士。我可以自豪地说，我也是个穷人，虽然我很穷，但是有很多更富有的人，他们的出身也很低。好吧，我的表兄在潘尼斯科拉附近的一个小村庄里当渔夫，因为他虽然出生在格拉奥，但他的家人住在潘尼斯科拉。他是在他父亲的船上出生的，他生在海上，天生是个好水手。他到过印度，到过葡萄牙，实际上他哪儿都去过。当他不在大船上航行时，他有一艘自己的船用来捕鱼。每次捕鱼回来，他就用一根粗壮结实的缆索把船拴在一个大木桩上，然后安然入睡。有一天早上，当他出发去捕鱼，他开始解开缆索上的绳结，然后他看到了什么？……不是他打的每一个好水手都会打的那种绳结，而是一个老妇人用来拴母驴的那种结。'一定是些小流氓昨晚在我的船上玩耍，'他想，'如果叫我抓住他们，我会狠狠地揍他们一顿。'

"他扬帆起航，捕完鱼，然后回来。他把船系牢，以防

---

① 格拉奥：巴伦西亚市的一个社区，它位于城市的东部，这个社区是巴伦西亚港最古老的地区。

万一，这次打了个双结。很好！第二天早上，这个双结也被解开了。我的表兄很生气，但也猜到是谁干的了！……不过，他没有被吓住，而是取了一根新的绳索，再次把他的船系紧。呸！第二天，新绳一点也没有留下，而是在原来的位置上放了一股已经烂掉的破缆绳。除此之外，船帆也被撕裂了，这就说明它是在夜里被撕开的。我的表兄自言自语道：'不会是那些在夜里乘着我的船出去的小流氓，他们怕翻船，一定不敢扬起帆。那就肯定是强盗了。'

"接下来他是怎么做的呢？那天晚上他出了门，躲在他的小船里，躺在航行数天时储存面包和米的地方。他用一件破旧的斗篷盖住自己，这样能更好地躲藏起来，就在那里悠闲地等待着。午夜时分——请注意时间，先生——他突然听到一些响动，好像有许多人正奔向海边。他稍稍探出头来，先生，然后他看见了——天啊，不是强盗！而是十二个光着脚的老女人，头发在风中乱舞。我的表兄是个果断的家伙，他的腰带里藏着一把锋利的好刀，就是用来对付强盗的。可当他看到自己将要对付的是女巫时，他的勇气就消失得无影无踪了。他把头藏在斗篷里，坚信我们的潘尼斯科拉圣母能让那些邪恶的女人看不到他。

"他浑身紧张地蜷缩在角落里,为自己的遭遇担惊受怕。女巫们上了船,解开绳索,松开船帆,向大海驶去。如果这条船是一匹快马,它的嘴里就像被套上了马嚼子①。它飞驰在海面上,呼啸的水声震裂了双耳,所有的焦油都被它融化了②。这也没什么好惊讶的,女巫们总是要风得风的,因为魔鬼会把风吹给她们。与此同时,我的表兄可以听到她们在大声喧哗,在嬉笑打闹,在吹嘘她们做的一切坏事。他认识其中一些人,还有一些可能来自遥远的地方,他没有见过。老费拉尔,就是那个你坚持要在那儿待很久的酒馆里的女巫,是她在掌舵。最后,又过了一会儿,她们停了下来;船靠岸了。女巫们从船里跳了出来,把船固定在岸边的一块大石头上。当我的表兄恩里克斯再也听不到她们的声音时,他伺机大胆地从藏身之处钻了出来。夜晚很黑,但他仍能看得很清楚,岸上有一块凸出的岩石,巨大的芦苇丛被风吹得摇

---

① 马嚼子:连着缰绳套在马嘴巴上的金属部分,主要是控制马匹的活动。

② 我不敢打断我的向导并请他解释这一现象,是不是物体移动的速度产生了足以熔化焦油的热量?可以看出,我的朋友文森特从未出过海,他对当地故事元素的运用并不十分熟练。——原注

摇晃晃，远处有一堆野火。你可以想象，那就是她们进行安息日活动的地方。恩里克斯鼓足勇气跳上岸，砍了一些芦苇，然后，他抱着芦苇匍匐着向后退，又躲回了自己的藏身之处，平静地等待着女巫们的归来。大约过了一个小时，女巫们回来了，重新上船，调转船头，像刚才一样飞驰离开了。'照这个速度，'我的表兄自言自语道，'过不了多久我们就能到潘尼斯科拉了。'

"一切都很顺利，直到其中一个女巫突然喊道：'姐妹们，敲到三了。'

"她话音刚落，所有的女巫都飞走不见了。记住，先生，只有在三点钟以前，她们才能四处溜达。

"船因无风而停滞不前，我的表弟不得不自己划船。天知道他在海上待了多久才看见潘尼斯科拉。肯定超过两天了！他筋疲力尽地回来了，吃了一片面包，喝了一杯白兰地，就去找了潘尼斯科拉的药剂师，那是一个非常博学的人，知道所有的草药。他把带回来的芦苇拿给他看。'这些是从哪儿来的？'他问药剂师。'从美洲来的，'药剂师回答，'除了美洲以外，哪儿都长不出这种东西。你可以随心

所欲地在这儿播种，什么都长不出的。'

"我的表兄没有再跟药剂师多说一个字，就径直去找那个费拉尔太太了。'帕卡，'他一进门就说，'你是个女巫。'另一个就开始抗议：'天啊，天啊！''这就是你是女巫的证据：你去了趟美洲，然后当天夜里就回来了。昨天夜里，我是和你一起去的，而这就是证据。看！这是我在那儿砍的芦苇。'"

文森特用一种动情的声音热情洋溢地讲述了这一切，他向我伸出手来，伴随着他的叙述，用一种恰当的哑剧演绎方式，递给我一把他刚砍来的芦苇。我情不自禁地觉得自己仿佛真的看到了来自美洲的芦苇。文森特继续说："女巫说：'别说话，这里有一袋米，拿着吧，别打扰我。'恩里克斯说：'不，我不会让你安宁的，除非你给我一道符，让我能想什么时候有风就什么时候有，就像我们当时能跑到美洲去那样。'

"女巫就给了他一张羊皮纸，装在一个葫芦里，他出海时总带着这个葫芦。要换作是我，早就把那羊皮纸和其他所有东西都扔到火里了，或者至少会把它们都交给一个牧师，因为与魔鬼打交道通常会变成一笔坏买卖。"

我感谢文森特讲了这个故事，用钱币回报了他，并且补充说，在我的国家，女巫们不是靠船过日子的，最常见的交通工具是一把扫帚，这些女士们可以跨骑在上面。

"阁下很清楚这是不可能的。"文森特冷冷地说。

我被他的怀疑弄得目瞪口呆。而且，这也很无礼，毕竟对于他那个芦苇故事的真实性我也没有表达过丝毫怀疑。我表达了我的愤怒，并且非常严肃地告诉他，他不应该对他不理解的事情做出判断，并补充说，如果我们在法国，他想要多少目击证人我就能为他提供多少。

"如果阁下您看到了，那一定是真的，"文森特说，"如果没有看见，我还是会继续说这是不可能的。要做成一把扫帚，就必须得把一些树枝交叉起来，这样就会做成一个十字架，请你告诉我，一个女巫能用它来干什么？"

这个论点真是无可辩驳。我说了一遍又一遍扫帚的事，才算摆脱这个问题。女巫骑在桦树扫帚上显然是不能被接受的，但一把真正的扫帚帚柄又直又硬，可能是用猪鬃毛做成的，做起来非常容易。骑在这样的扫帚柄上，你可以轻而易举地飞到世界的尽头。

"先生，我总是听人说，在你们的国家有许多巫师和女巫。"

"这个啊，我的朋友，那是因为我们没有宗教裁判所①。"

"那毫无疑问，阁下您一定见过卖各式各样的符咒的人。我见过这些符咒的效果，而且是亲眼所见。"

"跟我讲讲吧，"我说，仿佛只有我对这些特别的事毫不知情，"然后我会告诉你那是不是真的。"

"噢，先生，他们告诉我，在你们的国家有些人卖符咒，也有些人买符咒。给他们一麻袋的硬币，他们就会卖给你一片芦苇，芦苇的一头绑着一个好的软木塞。在这片芦苇里有些小动物，通过它们你可以得到任何想要的东西，但我们都清楚它们是以受洗孩童的肉为食的，先生，当它们吃不到这些肉，饲主就必须割下自己的肉给它们……"（文森特的头发都竖了起来）。"必须每二十四小时喂它们一次，先生。"

---

① 宗教裁判所：一四七八年由西班牙费尔南多二世和伊莎贝尔一世要求教皇思道四世准许成立的异端裁判所，旨在保证王国内的天主教正统地位。

"问题是你有见过这些芦苇吗？"

"先生，说实话没有。但我非常熟悉的某个叫罗梅罗的人，我和他一起喝过几百次酒（在我了解他的为人之前，就像我现在一样）。这个罗梅罗是个扎格尔[①]。他得了一种病，失去了顺畅呼吸的能力，也跑不起来了。他被告知要走一趟朝圣之旅才能治愈。但他说：'如果我去朝圣，谁来为我孩子挣面包钱呢？'

"所以，他也不知道自己该怎么办了，就和巫师还有其他一些社会渣滓混在一起，他们卖给他一片芦苇，就是我刚才告诉阁下的那片。先生，从那时起，罗梅罗和野兔赛跑都能赢。再没有一个扎格尔能和他相比。您知道这是一份多么危险、多么辛劳的工作。但今天，他能跑到骡子前面，还能抽完身上的雪茄呢。他可以从巴伦西亚跑到穆尔西亚，不带停的，也不需要喘口气。但只要你见到他，就会明白他为此付出了什么代价。他整个人瘦骨嶙峋，如果他的眼窝再深陷

---

① 扎格尔是步行驭马手的一种。他用缰绳牵着车队里打头阵的两头骡子，跑在最前面，牵着它们全速前进。如果他停下，马车就会碾过他的身体。在新的公共马车队里，那些帮忙拉车和装运行李等的人，被错误地称为扎格尔。但他们其实类似于英国马车上的运货员。——原注

一些，很快连身后的东西都能瞧见了。那些小动物已经把他
吃光了。

"符咒除了跑步以外，还有其他的好处……有些符咒能
让你不受铅和钢的伤害，就像他们说的那样，让你变得坚不
可摧。拿破仑也有一个这样的符咒①，所以他们在西班牙杀不
了他，虽然也有个很简单的办法……"

"那就是铸造一颗银弹。"我打断了他的话，想起一个
优秀的辉格党②人曾向克拉弗豪斯③的肩胛骨里射入的一颗
子弹。

"银色子弹也可以，"文森特回答，"用一枚上面有十字
架的硬币铸成就可以了。不过还有个更好的方法，就是干脆
在做弥撒的时候，在祭坛上放上一支蜡烛。你把这种受到祝
福的蜡融化在子弹模具里，可以确保没有一种符咒或魔法或
胸牌可以让巫师逃过这种子弹。当年在托尔托萨地区小有名

---

① 有传闻称拿破仑在流放期间死于铅中毒。

② 辉格党：英国历史党派名称，产生于十七世纪末，十九世纪中叶演变为英国自由党。

③ 克拉弗豪斯是苏格兰邓迪的一个地区。这里应指克拉弗豪斯的约翰·格雷厄姆
（一六四八—一六八九），他是该地区的贵族继承人和领主，人称"邦尼·邓迪"，
在抗击英格兰的战争中战死。

气的让·科勒，就是被一位勇敢的士兵用这种蜡制子弹开枪射死的，等他彻底死掉之后，士兵搜了他的身，发现他的胸口布满了火药造成的伤痕。他的脖子上绕着一圈羊皮纸，还有一些我不知道的小玩意。育才－玛丽亚，现在安达鲁齐人议论最多的那位，有一道能抵抗子弹的符咒，但如果人们用蜡制子弹向他开火，那他可就要当心了！你知道他是怎样对待那些落到他手里的神父和修士的：那是因为他知道有的神父会赐福于蜡，而那些蜡最后会要了他的命。"

文森特本来还可以说更多的，但这时，在道路的拐角，莫维多城堡出现在我们的视线里，使我们的聊天内容有了新的话题。

审校说明

　　我国著名翻译家傅雷先生于20世纪中期翻译了大量法语作品，其中包括巴尔扎克、伏尔泰等名家著作，为一代又一代的读者留下了宝贵的文学文艺译作。鉴于傅雷先生作品的创作年代较早，编者在编选"插图珍藏版名著"系列时，对译本的用词、译法做了最大限度的保留，仅根据现行国家通用语言文字的规范和标准，酌情进行了修订。比如标点符号方面，仅对不适合用冒号、逗号或分号的地方进行了修改。而文字方面，比如将表示相似之意的"象"统改为"像"，"发见"统改为"发现"等。对于其他不影响文本理解的非规范文字使用情况，则采取了较为宽松的处理方式，以免破坏傅雷个人的文本特色。《西班牙来信》部分，在人名、地名上尽量遵从傅雷先生的译法，其他则根据现行国家通用语言文字的规范和标准进行审校。由于编者学识有限，难免存在诸多不足之处，望读者朋友们多多理解和支持。

编者